JN308094

講談社文庫

文庫版
現世《うつしよ》怪談(一)
主人の帰り

木原浩勝

講談社

目次

本文デザイン　坂野公一（welle design）

タクヤさんへ――

文庫版
現世怪談《うつしよかいだん》
二
主人の帰り

午前一時の女

俺の同僚に、……えーっと、仮の名前でもいいですか？　キクチって奴がいるんですけど、そいつのマンションに行った時の話をきいて欲しいんです。

俺もキクチも大手町にある会社で、普通の会社員をやってます。

同期が五人ほどいるんですが、新人の入社間もない頃って周り全部が、先輩じゃないですか？　だから自然と同期とつるんでは、会社が終わると飲みに行ってたんですよ。

そりゃ、飲まなきゃやってられません。だからといって先輩や上司が一緒に来るのはちょっと辛《つら》い……。

その人達に毎日毎日怒られたり、注意されたりやり直しばかりなんですから、下手をすると飲みの席でも説教がはじまります。

これじゃ会社と同じで息が詰まっちゃいますから、俺たちだけで自由に愚痴をこぼしたいわけです。

なにせ最初のうちは仕事なんかちっとも出来ませんから、先輩に良く思われていないことくらいはわかりますし、こっちだって先輩が俺らの気持ちをわかってくれるなんて思っていません。

本当にわかってくれるのは同期の仲間だけ、いっぱい溜まったストレスは旨い酒でも飲んで発散しなけりゃ、心が折れちゃいますよ。

あっ、すみません。飲む話ばっかりですね。

こんな話をしていると、いつも五人揃ってずっと一緒に飲んでいるように聞こえますが、このキクチっていう奴だけが、ちょっと違ったんです。

まぁその……付き合いが悪いっていうか、あまり顔を出さないっていうか、来たら来たで毎回早々に帰っちゃうんですよ。

えっ？　どうしてそんな奴のことが気になるのかって？

そりゃ気にもなります。同期の中ではそいつが一番上司から怒られていましたから。

本人には申し訳ないんですけども、見た目からいっても怒りたくなる気持ちもわかるんです。

目を付けられやすいグズでノロマな小デブってタイプだったりしますから。

おまけに昼休みの付き合いも良くないんです。

こんな俺たちだって昼くらいは、上司や先輩と一緒に飯を食います。

さすがに昼まで別行動をとって固まっていたら、いつまでたっても社内の人間関係に溶け込めるチャンスが出来ません。

ところがこのキクチときたら、内向的というか、昼飯もコンビニで弁当を買って、一人でモソモソと食べているんです。

これくらいなら手作り弁当を食べている女子社員にも多いし、他の部にも似たような奴の一人や二人は、いるとも思うんですけど、このキクチはコンビニで弁当を買うことが目的じゃなくてアニメのキャラクターグッズや、クジを引くことが目的なんです。そいつを堂々と持ち帰ってはロッカーに入れてたりしましたから、目を付けられているっていうよりある意味、気持ち悪がられている存在でした。

もっとも本人は、そんなことなどずっと昔からやっているので慣れています、と言わんばかりに気にするでもなく、どちらかというと一人でいる方が気楽なように見えました。

とはいえ先ほどもお話しした通り、同期では一番上司から怒られていましたから、ストレスは相当たまっているんじゃないかと、俺たちも心配するわけですよ。

だからといって何かしてやれるわけでもありませんけど、愚痴くらいは聞いてやりたいと思っています。

その俺らの気持ちを知ってか知らずか、付き合いが悪いので、勝手に作ったとはいえ同期会としては面白くないわけです。

それで、仲間と相談した結果、キクチと一緒にじっくり飲もう会、というか、彼をダシにしてとりあえず飲もう会をやろう、ということになったんです。

いくら付き合いの悪い奴でも、週末に誘って、終電がなくなるまでひっぱり回せば、自然に朝まで飲める会になります。

そうなれば、俺たちにも腹を割ってくれるだろうと思って、速攻計画を実行に移したんです。

席が近かった関係で、引っ張りだすのは俺の役になりました。

とはいえ、ちょっと恥ずかしかったですよ。

キクチの隣の先輩がいなくなるタイミングを見計って、仕事のような顔で書類なんかを手に横に座ると、パソコンの周りに小さなアニメキャラのフィギュアがゴロゴロしてましたからね。

これが新入社員の机か？　と同期ながら、隣の先輩がちょっと気の毒になったくらいです。

俺だって、周りからあいつはフィギュア談義をやりに座ったんじゃないの？　って見られたくないですから、すぐに話を切り出しました。

なぁキクチ、今週の金曜の夜、またみんなで飲もうぜ！

同僚からこんな風に誘われたら、大概嬉《うれ》しいと思ってくれると思うんですけどね。

ところが聞いた途端、明らかに、えー——？　嫌だよ。という表情。

なんだよ、その顔。同期のメンバーしかいないんだから、いいじゃん？

しかし彼の顔は、すぐれません。

うーーん、行ってもいいけど、いつものように途中で帰っていい？

何だそりゃ!?　面倒くさい奴だな……と思いましたけど、そんなことを言えば、じゃあ行かない！　と、なし崩しに計画がパーになりそうなので、あぁそれでもいいよ、って軽く返事を返したんです。

だって、飲み屋に入りさえすれば、後はこっちのもの。帰さないように粘るなり絡むなりすればいいじゃないですか。

了解さえ取れれば、勝ったも同然、って思ったんですよ。

じゃ、時間はいつもの通り、いつもの場所でなっ、と伝えてもまだモジモジしてはっきり返答しません。

早くOKしろよ。俺も忙しいんだよ……。おっ!!　と、その時パソコンの横に飾ってあるんだか、並べてあるんだかの美少女フィギュアの中に、赤いロボットが一体見えたんです。

これ『逆襲のシャア』のサザビーじゃん？

知ってるの？　逆シャア!!

彼は急にパァッと、しらふの頬を赤く染めて、まるで別人のようになったんです。

当然!!　だって俺、昔、ガンプラずっと作ってたもん。シャア専用の機体なんて、日本の常識だろ!?

別にキクチをのせるつもりじゃなくて、本気でそう思っていましたから、自分的に自然な日常会話のように出たんです。

これが良かったのか、いや良かったんですね。どうやら俺は、キクチの心を鷲掴《わしづか》みにしたとすぐわかりました。

そりゃ、ニュータイプじゃなくたってわかりますよ、その瞬間まるで戦場で出会ったアムロとララァみたいな感じがしましたから。

とにかく彼は、そんな話が出来るんなら一緒に行く！　って即答してきたんです。

じゃあ、決まりなっ!!

とにかく、これで俺の任務は完了でした。

後は、金曜の夜に全員集合すれば何とでもなるわけですけど、ひょっとしてこいつの愚痴って、まさか会社や上司のことじゃなくて、アニメのことじゃないだろうな？

と心配が頭をよぎりはしましたけどね。

それでむかえた金曜日の夜。

七時に飲み屋に集合とはいうものの、それぞれ仕事を終えてからなので、そうそう時間通りに全員が揃うというわけではありません。

予約していた時間に十分遅れたというのに、着いたのは俺とキクチが一番でした。しょうがない、先にやるか……。

席に座るなり、俺は生ビール、彼はカルピスサワーを頼み、とりあえず二人でお疲れさまの乾杯。

ところが彼は一口飲んだだけで、もう時計をチラ見するんです。

なんだよ、キクチ。まだ始まってもいないだろ？　週末なんだしさぁ、時間なんか気にせず飲もうよ！

今日の飲み会は、こいつを朝までつきあわせて、鬱憤《うっぷん》をはらさせてやろうという目的なわけですから、俺としては、のっけから帰る時間を気にされてはたまったもんじゃありません。

ところが彼は、そんなことなど知りませんから、着いた早々もう帰る伏線を張り出す様子に少々困ってしまいました。

なぁ、今まで一度も最後まで付き合ったことないだろ？　それじゃ、まるで家に女が待っているみたいじゃないかよ。

ふわっ!!

えっ!?　なんだよそのリアクション!?

特に意味があって言ったわけでもなかったんですけど、ビックリするほど彼が動揺したんです。

正直言って、こんなオタクなキクチに女がいるなんて、かけらも思ってませんでしたから、その慌てっぷりに、これは何かあるっ！　と直感しました。

おいキクチ、お前まさか、女がいるのか？

彼は、う――――ん、と唸《うな》りながら、しばらく黙ると、……一応八十人くらいはいるかな？　などという凄《すご》い人数をしれっとした顔で答えます。

は、八十人？　くらい？　くらいって何だ？　毎日とっかえ引っ替えやって来るのか？

い、いや……みんな棚にいるんだ。

………棚？

一瞬でも真に受けた俺がバカだと思いました。

あのねキクチ君、フィギュアは別に待ってるわけじゃないんだから、何時に帰ったっていいだろ？　あぁビックリした。大体さぁ、人間の彼女とつき合ったことってあるのか？

……いや……僕は彼女いない歴二十三年。

僕はって、俺たち二十三歳じゃん。

ここまで言うと、俺はちょっと彼に同情的な気持ちになりました。

そりゃこの若さで、小太りで、アニメと美少女フィギュアのオタク人生まっしぐらなら、無理からぬ話だと思ったからです。

しかし、フィギュアの心配をしているくらいだったら、全員が揃ったあたりで次々と仕事の話を振っていけば、会社での心配や愚痴くらい簡単にこぼすだろうとも思いました。

むしろ、溜まったストレスを家に帰ってフィギュアの美少女軍団に癒されてばかりいるから、仕事が覚えられないんだと、かえって心配になります。

いえ……よく考えてみると、彼の方が幸せなのかもな、と考えさせられました。

彼はこれまで、俺たちと付き合いが悪かったのではなく、俺たちに愚痴る必要性がなかったんだなと思ったからです。

俺らは帰っても、癒されるということがないから、同僚と愚痴ってストレスをはらしてきました。でも彼はどんなに会社が辛くても、家に帰りさえすれば自分だけの世界を持っていて、嫌なことなんか全部忘れられる……言わばリセットしてくれる美少女に囲まれているわけですから、それはそれで幸せなんですよね……きっと。

心のどこかで、彼をちょっとうらやましく思いました。

いやいや……。

それはそれ。現実の世界は、男同士や人間同士の付き合いも必要なんですから、今日くらいは付き合って欲しいと頭の中を切り替えた時です。

フィギュアだけじゃなくて、僕と会うのを楽しみに来てくれる女の人なら一人くらいいるよ。

……なんだと？

話を聞いてからずっと黙っている俺を見て、美少女フィギュアに呆《あき》れているんだろうと心配して、女の作り話を始める気だな……。

そう思いますって。おそらく彼に対して、入社後初めて、机に飾ってあるフィギュアに理解を示したのが俺なわけですから、モビルスーツをわかってくれる貴重な友人に美少女フィギュアの話だけで、どん引きされたら困ると考えたに決まってます。

とはいえ、聞き捨てならない一言に違いありません。

今、なんて言った？　フィギュアじゃない女がいる？　それもまるで、訪ねてくる女がいるように聞こえたんだけど？

うん、来てくれるんだ。

誰が？　何しに？

僕に会いに。

だから誰なんだよ？

知らないけどすっごい……綺麗な女の人。

おい！　その話、本当か!?

…………。

頬を真っ赤に染めてうつむくんですよ！　キクチが!!

これはカルピスサワーで酔っぱらった赤さじゃありません。さっき乾杯してから、一口しか飲んでいませんでしたからね。

お前、マジメに照れてる？

…………うん。

本当に綺麗……美人なのか？　知らない人なのに？

……でも本当に綺麗で美人なんだよ。

顔を上げたキクチは、ぱぁっと花が咲いたかのようなんです。

ふー――ん……。美少女フィギュアオタクの美人や綺麗っていう言葉は信頼性高いよな……待てよ。

おい、いい加減なこと言うなよ。お前さっき、彼女いない歴二十三年って言ったじゃん。何だそれ？

ところが彼は、嬉しそうな顔のまま、彼女じゃない……と答えたんです。

夜中に美人が訪ねてくるのに、彼女じゃない……わけがわかんないんだけど？

……そうだよね。

そうだよねじゃないだろ？　だいたい知らないって何だ？　誰なんだその美人って？

幽霊……。

ゆ、幽霊？　幽霊ってお化けのか？

うん、そう。

何言ってんだ！　幽霊ってのは怖いんだよ。

怖いわけないよ！　凄い美人なんだから!!

その勢いにキクチのくせに生意気だとも思いましたが、その先が知りたいじゃないですか。

……じゃあお前何か？　幽霊が出ると知っててその部屋に住んでるのか？

ううん。たまたまフィギュアが飾れる広さのある部屋が欲しくて物件を探してたら、広い上に凄く家賃の安い部屋を見つけて、住んでみたら、やって来たんだ。

……あのなぁ、おまけみたいにお化けが付いていましたってか？

…………。

キクチはこの突っ込みに、何も返してこないんです。

……なぁ、本当に出るのか？　幽霊が。

…………。

毎日。午前一時に。

俺の頭の中で、飲み会もキクチの愚痴を聞いてやることも、同僚との人間関係も、全部音を立てて崩れていきました。

なぁ、キクチ君、俺も見たいんだけど。というか、会わせてくれないか？

会ってくれるの？

えっ？……ああ。

意外な反応にちょっと驚きました。

まさか間髪容れずに、会ってくれるの？　とくるとは思ってもいませんでした。だって幽霊ですからね……。

そこへ、同僚三人がやってきたんです。

おぉ、キクチがちゃんといるじゃん！　良かった良かった、でっ、今日こそ朝までいるんだろ？

と一人が声をかけると、
そうだよ同期なんだからさぁ、もうちょっと腹を割って話そうぜ！

などと、もう一人の同僚も喜んでいます。

悪い！　今日も終電までに帰るから！

と、切り出したのは、俺。

えっ⁉

その言葉に一番驚いたのは、当のキクチでした。

三人共どういうこと？　という顔をしましたが、それを無視して飲み会を始めたのです。


じゃぁ俺とキクチはこれで。

同僚達の顔が、本気かよ？　といってます。

そりゃそうです。そもそも彼を引っ張りだして、朝まで飲もう会の言い出しっぺは俺なんですから。

しかも、帰りはそのキクチと俺の二人連れ。

でも、そんなことはどうでもよくなっていました。

キクチから、あんな話を聞いたわけですからね。

俺は無理を言って、早目に店を出るかわりにと、財布から五千円をポンと出すと、キクチにも同じようにお金を払わせました。

余った分は、お前らで飲んでくれ。じゃっ！

そう言い残すと、キクチの背中を突き飛ばすようにして、二人で外に出たのです。


なぁ、今晩俺を泊めてくれよ。

え――――っ？　今夜？

さっき会ってくれるの？　って言ったろ？

……そうだけど。

キクチの顔が少し曇りました。

俺さ、まだ一度も見たことがないんだよ。幽霊。

……でも僕以外の人が部屋にいたら、出ないかもしれないよ？　それでもいい？

そんな言い訳じみた予防線なんて、もちろん無視です。

お前、毎晩一時に来るって言ったじゃないか。だったら、今夜も来るだろ？

そんなことわからないよ。

こいつ、俺が幽霊を横取りするとでも思っているのか……。

いいや！　今晩来て、俺がいるのに困ったり呆れたりしたとしても、来なくなるのは明日からだ。だからとりあえず、今晩は来る！

もちろん、咄嗟《とっさ》の出まかせですが、我ながら上手《うま》いことをいうものだとちょっと感心しました。

……だったら。

今度は何だよ？

もし見ても、他の三人には絶対内緒にしてくれる？　僕と彼女の二人だけの秘密にしておきたいんだ。

彼女？……。

という言葉を押し殺して、とりあえず秘密は絶対守るとタンカを切りました。

ここで守らないなんて言えば、家に来ないでと言いかねませんからね。


ここだよ。

えっ？

見上げて思わず驚きました。

十階建てくらいの洒落《しゃれ》たマンションだったのです。

正直心の中で、オタクのキクチが住むには勿体ないなと思ったくらいですが、逆にこんなにいいマンションの部屋が俺と同じ給料のこいつに借りられるくらいなんだから、本当に何か出るかもしれない、と予感させたのです。

三階で停まったエレベーターから出ると、管理人がちゃんとしているらしく、掃除が隅々まで行き届いた廊下でした。

へぇ、いいところに住んでるな……。

さぁ入って。

思わず、マンションのチェックに気を取られていました。

鍵を開けてくれた彼の後に続いて玄関に入ると、そこはもう秋葉原。

うっわぁ……。

誰だって驚きますって！　下駄箱の上からして美少女フィギュアだらけですよ。

その廊下には、パネル貼りの美少女イラストのポスター、猫ミミのついたスリッパ……。

早く入んなよ。

ハッとすると、キクチは既に家の奥に入っていました。

ショップでしか見たことのない風景に呆れながら居間に入ると、棚に所狭しと飾ってあるフィギュアの山……というか、行列。

いや、それより驚いたのは、整理整頓されて挨すらないように感じるほどの部屋でした。

これが同じ二十三歳、独身男子の部屋かね……。

俺の部屋なんか、一番綺麗な場所がゴミ箱の底というくらいに散らかってます。

一度、台所の流しに切り落としたキャベツが成長して、小さな花を咲かせたことがあるくらいですよ。

しかし……、こんなに片付いた綺麗な部屋だけを見ていると、女がいない方がおかしいと思い、一方、棚の美少女フィギュアを見ていると、これでやって来る女がいるのなら確かにおかしいとも思いましたね。

さぁどうぞ。

またもや彼の声でハッとすると、キッチン側の小さなテーブルに置かれたカップから湯気がたっていました。

紅茶でいいよね？

へっ!?……あぁ。

俺の知っている会社のキクチよりも、部屋でのキクチの方がずっと気が利いていて機能的なので、ちょっと嫌になりました。

なぁキクチ、その一時にやってくる美人って、どこから来るんだ？

あそこだよ。

その指差した先は、通りに面した窓です。

もちろん、カーテンはかけてありました。

あそこから中に入ってくるのか？

いや流石《さすが》に入っては来ないよ。窓の外に訪ねてくるだけなんだ。

……ここ、三階だろ？

彼がニコッと笑うと、待ってましたとばかりに、
だから幽霊って言ったじゃん！

と、返しやがるんです。

キクチのくせに……。

どうやら、この部屋に入った時から俺が圧倒されていると思ったらしくて、妙に強気な感じがしてイラッとさせます。

でっ、カーテンがかかりっぱなしで大丈夫なのか？

彼は紅茶をすすりながら、一時丁度に開けるんだ。と言います。

一時……丁度？

キクチの話によると、引っ越して間もない頃、外の天気をみようかとカーテンを開けたところ、その向こうから美人幽霊とやらがやってきたのが最初の出会いということでした。

……それでお前は毎日、一時ピッタリにカーテンを開けるってわけか？

うん。

ふぅん、幽霊がやって来るっていうのになんか呑気《のんき》なもんだな。

俺だって同じ年齢の二十三です。怪談の特集記事やテレビの心霊番組くらいみたことがあります。大概の体験者は、もう少し嫌そうにしゃべったり、怖そうに話したりするものでしょ？

それがどうも、話を聞いていると、嬉しそうで楽しそうで仕方がないように見えるもんだから、ひょっとしてこいつが勝手に妄想してるんじゃないのか？　とさえ思えてきました。

……だってキクチですから。

あっ、もうすぐ一時だ。

キクチは急に立ち上がると、ウォークインクローゼットを開けて、その下に置いてある引き出しからジャージを俺に手渡します。

はい！　着替えて、僕もパジャマに着替えるから。

はあっ？　何言ってんの？　これからカーテンの向こうに出るんじゃないのかよ？

出るよ、だから。

と、いたってお気楽な返事が返ってきます。

だから。ジャージなのか？

いつもと同じように寝る支度をして、カーテンを開けるんだ。

ふうん、儀式みたいなもんだな、まるで。

とはいえ一時までそんなに時間がありませんでしたから、いちいち口論している場合ではありません。ここは彼の言うことに従いました。


一時だっ！　おいキクチ！　時間だぞ！

彼が窓のカーテンに近づくと、間も溜めも躊躇もなく両手でシャッと開けました。

いつもの通りなのか、俺に見せるためにそうしたのかわかりませんが、厚手のカーテンとその向こうのレースのカーテンを一気に開けたのです。

うわ……。

ギョッ、としました。

本当に、窓の向こうに、くどいようですが三階の窓の向こうに、女が立っているんです。

……初めて見た……これが……幽霊……？

それも、確かに綺麗というか、美人というかクールビューティーという感じの女が……。

年は俺たちと同じか、それより若いくらい。セミロングで、わずかに栗色の髪の毛。色白でちゃんと化粧をしているようにみえました。

不思議なことに顔はこんなにはっきりと見えるのに、肩から下が白くボンヤリしていて、どんな服装なのかよくわかりません。

美人顔の大きなテルテル坊主と言えばわかりやすいでしょうか……。

白いワンピースを着ているようにも見えるし、真っ白いスーツのようにも見えて、とにかくそのくらい服装ははっきりしなかったのです。

俺が怖いと思ったのは、実はこの後でした。

その女の顔と瞳が、キョロキョロと動き出したんです。

すぐ目の前にキクチがいるのにですよ？

まるで、そこには誰もいないというか、目に入らないというのか、必死に部屋の中の左右を見たり上下を見たり、クルクル、キョロキョロと……。

どうやら、この部屋の何かを探している様子です。

もちろん、こんなに中を覗《のぞ》き込んでいるわけですから、俺とだって何度も目が合いました。

その度に、ゾッと背筋が寒くなるんですが、女の方は全くのお構いなし………。

これが怖いんです。

いや、もちろん、目と目が合うのは怖いんですけど、空気みたいに無関心にされると、まるで自分がここにいないように思えて……。

長い時間じゃありませんでした。大体二十秒くらいなものなんですよ？　これで。

よく体が動くとか動かないとか聞きますけど、そんなことと関係なく固まってしまうものなんですね……怖いと。

何かもういっぱいいっぱいなんです。

とにかくこの止まった部屋で動くものは、女の顔と目だけでした。

その時、キクチが動いたんです。

ビックリ……というか、ありえないでしょ？

この状況で動けるんですからね。

と言ってもほんの半歩だけ。窓に近づいただけなんですけど、俺には無理です。

何するんだ？　こいつ？……。

彼は窓に顔を近づけて、その勢いのまま両手のひらをガラスにくっ付けたんです。まさか窓越しにキスでもする気か？……そうか、こいつは本当にこの女が好きなんだ……。

ガラスを挟んで、互いに見つめ合わない顔と顔。背筋が寒くなる光景です。

動いた……。

それはもちろん彼ではなく、女の方。

ス――――っと小さくなるようにゆっくりと後ろに遠ざかり始めたかと思うと、すぐに消えていなくなったんです。

それが……ですね。

その遠ざかり始めた時の女の顔が、もの凄く残念そうだったんですよ。

何なんだ……あの顔は。

シャッ。

音を立ててカーテンが閉じられました。

はい、おしまい！

振り返った彼の顔は、女とは全く逆に凄く自慢げ。

見たでしょ？　凄く綺麗だったよね。良かった、今夜もいつもと同じだった。これだと明日も来てくれるはずだから、責任感じなくてもいいよ。それから絶対あの三人には秘密だからね！

　わかったよ。

……確かに美人だったけど……。いや、そういう問題なんだろうか？　お前ってそんなに自分から喋る奴だったっけ？

　現れた女の幽霊が美人だったこと以外は何もはっきりしませんでしたが、一つだけ俺の思った通りだったことがありました。

　毎日、毎晩、こんな癒しがあったら、上司に怒鳴られまくっても平気だって。

　実際彼は、ずっと入社以来仕事は出来ないままでしたから……。

　キクチとの約束？　ああ、大丈夫です。もう十年以上も昔の話ですし、俺は今もあの三人に秘密はしゃべっちゃいませんよ。

父の居ぬ間

私の生まれ育った家は名前こそ明かせませんが、近郷近在で一、二を争う大きな寺なんです。

檀家さんも多く沢山の人が出入りする中、私は住職の息子でしたから、随分と可愛がられて育ちました。

お陰で、おつとめや法事等々で随分と忙しかった父よりも、近所の人たちや寺に訪ねて来られる全ての大人が父であったり、母であったりして育てて下さったと、感謝しています。

もっとも、今でこそこのようにまともなことを言っていますが、周りの皆さんが優しく可愛がって下さったその裏で、ろくでもない悪戯《いたずら》ばかり繰り返してました。

そんな中で、一度だけとんでもないことがありまして……。

どんな悪戯も最後は両親に怒られて終わるわけですから、終わった悪戯などほとんどはろくに覚えていません。ですが、これだけは一生忘れることのない体験でした。

私が小学校三年生の時です。

この日、何の用事か覚えていませんが、母は家をあけていました。

そして父は、檀家の方と法事の打ち合わせか何かで外出していたんです。

つまり、家には私一人だったってわけですね。

だから、すぐに何をして遊ぼうかと算段をはじめました。

そうだ！　いいこと思いついた‼

せっかくの留守なんだからこのチャンスにしか出来ないことをと思いついたのが、本堂での遊びです。

当然ですが、本堂といえば正面にドーンとご本尊がありますから、その前で騒ぐことなんかありません。

おつとめさえなければいつもは静かなものです。普段、何か大きな音でもたてようものなら父や母がすっ飛んで来て問答無用に怒られます。

だからこの日は、本堂で遊んでやろうと思ったんです。

もちろん、本堂に子供が遊ぶものなどありませんが、実は以前から狙っていたものがありました。

それが木魚とけいすです……。

木魚はご存知ですよね？

ポクポクポクと鳴る、木で出来た丸くて大きなドラ焼きみたいなものです。

けいすは、通称ザルガネと呼ばれているもので、ご家庭の仏壇にあるチーンと鳴らす鉦《かね》を、大きな丼鉢にしたようなものと言えばおわかりいただけますか？

この二つを思いっきり叩いて遊んだら、さぞ楽しかろうと思っていたわけです。

それ以前にも何度か少しだけ叩《たた》いたことはあるんですが、その都度、父が本堂にやってきて怒られていましたからね。

だからこの時とばかりに、思う存分叩きまくるつもりで本堂に入りました。


ポクポクポクポクポクポクポク……。

ボワーン、ボワーン、ボワーン……。

おお――ッ！　いい音！

叩くだけのものですから、子供の私が叩いてもちゃんとした音が出ます。

これがまた面白いもので、父しか叩けないものを自分で叩いて、しかも同じような音が出るわけですから。なんとなく偉くなったような気分になるんですよ。

ポクポク、ボワーンボワーン、ポクポク、ボワーンボワーン……。

木の軽めの高い音に、ザルガネの重めの低い音。

響き渡る音色自体も楽しかったので、リズムをつけながら調子に乗って、やりたい放題叩いていました。

ポクポク、ボワーンボワーン……。

「やめなさい」

うわっ、ごめんなさい！

小さな男の声でした。あまりに突然のことにびっくりして、首を引っ込めた亀のようになるとそぉっと後ろを振り返りました。

ところがずっと向こうの障子まで誰もいません。

……あれ？

広い本堂ですからね、振り返ってガランとしているということは、声の主がいないということです。

近くに誰もいないどころか、隠れる場所すらありませんから、ささやくような小さな声が、それも耳の側で聞こえるはずがありません。

なんだ……、気のせいか……。

私は、本堂の後ろに向かって、

やめないよ！

と呟くと、また木魚とザルガネを鳴らし始めたのです。

ポクポク、ボワンボワン、ポクポク、ボワンボワン……。

楽しいものだから、そのテンポもどんどん速くなっていきます。

ポクボワ、ポクボワ、ポクボワ……。

「やめなさい」

今度はすぐに振り返りました。

……あれ？　誰の声なんだ？

自分だけしかいない本堂の中で、ザルガネのウワワワワ――――ンという最後の音だけが響き渡っています。

……おかしいなぁ、声なんかするはずないのに。

声の主が知りたくて、ポクポクボワーン、と叩くたびに、サッと後ろを振り返りましたが、これだけ注意しているせいか、何も聞こえません。

もうこないだろうと振り返るのをやめて、また調子に乗り始めた瞬間でした。

「やめろというとろうがっ!!」

うわあっ!!

三度目は怒鳴り声でした。

これまでよりも大きく、強くはっきりと聞こえたので、さすがに気味が悪くなった私は、すぐに本堂を出ていったのです。

でも本当のところは叩くことにも飽きていましたから、もうやめてもいいや、くらいの気持ちだったように思います。

本堂から戻った私は、居間でテレビを見ていました。

ガラガラガラッ、ガシャッ。

玄関からもの凄《すご》い音が聞こえたんです。

あれ？　何かあったのかな？

古い家のガラス戸ですから、開閉の度に音がするにはするんですが、居間にまで聞こえることはめったにありません。ですからこの大きな響きに先ほど怒鳴られた時の体の震え上がりが重なってビックリしました。

ドンドンドンドン、ドンドンドンドンドン。

もの凄い勢いで、廊下を歩いてくる音が近づいてきたなと思ったところへ、バタンッとドアが開いて、そこにハァハァと息を切らした父が立っていました。

その顔が真っ赤に歪《ゆが》んでいるんです。

しかも、一心に私を睨《にら》みつけたまま、一歩も部屋に入ってきません。

…………。

その勢いにあてられて、お帰りなさい、という声が出せません。

ど、……どうしたの？

どうしたもこうしたもあるか!!　本堂で悪戯するなとあれほど言うたろうが!!

心の中で、どうして知ってるの？　と思いましたが、それを言おうものなら悪戯がバレてしまいます。

何のこと？　知らないよ？

誤魔化しきる自信はありました。だって、あの時は父も母も家にいませんでしたからね。

ところが父は、私の言葉に耳などかしません。

こいつ、嘘までついてとぼける気か!?

この怒鳴り声には、さすがに震え上がりました。

お前、木魚とザルガネで悪戯したろ？

げっ!!………。

ここまで言われると、どこかで見ていたのかもしれないと思って、返す言葉がありません。

そうかあの時の声は、父の声だったのかと頭を一瞬よぎりはしたのですが、もしそうなら最初に聞こえた時、その場でわかったはずです。

そもそも、父の声ではなかったからこそ、続けていたわけですから……。

とすると、今怒りまくっている父はどうしてそのことを知っているんだろう？

言葉もなく呆気にとられていると、父がこんなことを言い始めました。

そうか……ワシにわかるわけがないと思とるわけか……。あのな、さっき檀家さんでお話ししてたら、耳の奥で、ポクポクボワーン、ポクポクボワーンと木魚とザルガネの音が聞こえてきたわ。それが、五月蠅《うるそ》ぅて五月蠅ぅて話し合いになどなりゃせん。そこへ祖父さんが……ええか、ワシの親父が、亡くなったお前の祖父さんがな、優しくやめなさいって言うてくれたのに、お前という奴は聞きもせず、調了に乗りおって！

えっ？　あれはお祖父さんの声だったの？

うっかり口にしてしまいましたが、それでも何とかその場を誤魔化したい。

そんなこと言ったたって木魚もザルガネもどこのお寺さんにだってあるんだからうちの音とは限らないでしょ？

この反論がいけませんでした……。

父は更に真っ赤な顔になると、ばっと握り拳を振り上げたんです。

自分の寺の木魚やザルガネの音がわからんとでも思うか⁉

と、ゴンと頭のてっぺんに大きなげんこつが落ちて来たんです。

母の留守番

私は東京のヘアサロンで働いています。

といっても、お話ししたいのは私のことではなくて、私の母が体験した話なんです。

今お話しするのはちょっと恥ずかしいのですが、うちの母はある五人組のアイドルユニットを、もう二十年近くも追いかけているんですよ。

もちろん、ファンクラブも結成の頃から会員になっていて、同じファンの人たちの前では、こんな時期から注目してるのよ⁉　凄《すご》いでしょ？　とばかりに胸をはったりする子供みたいな人なんですけどね。

実家は埼玉にありますから、東京で大きなライブがある時なんかは、交通の便がいい私のマンションに泊まって、翌日の早朝に仲良しのお友達と合流して食事やお茶を楽しんでからライブ会場に直行。ライブが終わると埼玉へ直帰、をずっと繰り返しています。

実際のところ、見た目は娘が心配のあまり掃除、洗い物や片付けをやりに来てくれる良い母親のようですが、ただの宿泊施設代わりに上手《うま》く利用しているわけですね。

ある日の……というよりライブのあった夜のことです。

仕事場から帰宅している途中に、自分のマンションをふと見上げると、部屋に電気が点いていたんです。

あれ、消し忘れ？　おかしいなぁ？

ライブの日なわけですから、いつも通りなら母は埼玉に帰っているので電気が点いているはずがありません。

朝ごはんをいっしょに食べた時には点けてなかったんだから、消し忘れってことはないわよね……。

そもそも母はいつも、昼前には出かけますから、部屋の電気を点ける必要がほとんどないのです。だから余計に明るい窓が気になりました。

ドアを開けようとすると、鍵がかかっていました。

なんだやっぱり、電気の消し忘れか……。

そう思って鞄《かばん》から鍵を出そうとした時です。

室内から私の名前を二度ほど呼んで、あら？　帰って来たの？　よかったお帰り！　と、母の声がしたんです。

お母さん？

すぐに鍵の開く音とチャラチャラとチェーンの音がして、ドアから母の顔が出て来ました。

どうしたの？　ドアチェーンなんか掛けて？　家に帰ったんじゃないの？

ところがこれがおかしな感じで、私のために開けてくれた感じじゃないんです。何を警戒しているのか母は自分の顔が覗《のぞ》けるほどしか開けず、まるで私といっしょに誰か知らない友達でもいやしないかとキョロキョロ探すように見るんです。

ちょっと、何やってるの？　早く開けてよ。

はいはい、と言ってドアチェーンを外すと、ようやくドアを開けて私を入れてくれたのです。ですが、実はそのドアチェーンにもちょっと驚いていました。

私も母も今までドアチェーンなど使った事がなかったからです。

何これ？　こんなもの掛けたりして？

……うん。

母らしくない沈んだ答えを返します。

本当にどうしたの？　ライブが終わったんだから、うちに帰ったんじゃないの？

母はそれには答える気がないらしく、疲れたでしょ？　今、お茶を淹れ直すね。と言って、キッチンに向かって行きます。

………。

ちょっと話してよ！　何があったの？　気味が悪いじゃない。

ただの気持ちを口にしただけだったのに、お茶を淹れていたその手がピタリと止まって、そうなのよ！　気味が悪いの！　と言うのです。

今朝、私が出社した後のこと。

食事の後片付けや洗濯物をたたみ終えて、さぁお化粧しなきゃと思っていると、コンコン、コンコン、と玄関からノック音。

はぁい、今いきます。

そう言ってドアを少し開けてみると、なんとそこには誰もいない。

あら？　変ね。

左右、どちらかのお隣の音が聞こえたのかと廊下に出てみると、やはり誰もいない。

風かしら……。

首をひねりながらドアを閉めて、また出かける準備に取りかかろうとしたその時。

またもコンコン、コンコンとノックの音。

あら、また？

どちら様ですか？　少々お待ちください。

さっきのノックの主かどうかわからないので、一応尋ねながらドアを開けてみる。

ところが、また誰もいない。

おかしいわね……悪戯《いたずら》だったらチャイムを押せばいいし、走って逃げたのなら音もするし、後ろ姿が絶対見えるはずよね……。もしかして、あの子のいない間、ずっとこんなことがあるのかしら？

そう思って携帯電話を取り出すと、録音のスイッチを入れて、ひょっとするとまた起こるかもしれないドアのノック音を待つことにした。


コンコン、コンコン。

来た！

携帯の録音を確認して、はぁいすぐ行きます、とドアを開けてみたら、やはりそこには誰もいなかった。


ここで話が終わりなんです。

……えっ？　おしまい？　ちょっとそれだけ？　だったらそんなに深刻な顔をするような話じゃないでしょ？

そう尋ねると、母はしばらく黙っていました。

でもねぇさっき録音したって言ってたでしょ？

うん、聞いた。でも、それってただのノック音だけなんでしょ？

私もそう思ってたんだけど、ちょっとこれ、聞いてくれる？

母は携帯を出すと、再生のボタンを押して聞かせてくれました。

コンコン、コンコン。

はぁいすぐ行きます。

カチャッとドアの開く音。

あら？　やっぱりいないわね。

その母の声に人の息づかいのようなものが被って……。

「いるんでしょ？」

変ね……悪戯じゃないのかしら？

母がさらに廊下の外を確かめようと、ドアを開ける小さな音がしたかと思うと、

「ほら、いた」

ピッ。

そこで母は、携帯を止めたんです。

あのねお母さん、女の人がちゃんといるじゃない？　この先に声は入っていないの？

違うの！　誰もいないの！　いないのに声がしっかり入っているの！　それに玄関に出たときは何にも聞こえなかったの。本当よ！　だからこの先声があってもなくても聴きたくないわ！　これはね、あなたにノックの悪戯を聞かせるためだけに録《と》ったのよ！　それよりあなたがいない留守の間に、こんなことがあるなんて知ってた？

………。

もちろん仕事に出ている私がそんな事を知るはずがありません。

それじゃぁお母さんは、これを私に聞かせるために、今日のライブが終わった後、家にも帰らず戻って来たわけ？

そう！　ヘアサロンがお休みの時はどうなの？　こんなノック音したことある？

……一度も無い。

私も今日がはじめてだから、こんな気味の悪いことは気にすることないかしらね。

そう言うと、母にいつもの笑顔が戻りました。

ちょっと待って、そうかもしれないけど。でも、〝ほら、いた……〟って言ってなかった？　この女が見つけたかったのは誰でもよかったのかしら？

やだ！　じゃぁこの……見つかったのって……あたし？

母が俯いてみるみる沈んでいったかと思うと、急にパッと顔をあげたんです。

ねえ、そろそろこのマンション引っ越さない？　気味が悪いでしょ？　私が敷金出すから。

泥の形

私が小学校五年生の時の体験です。

近所の家からそこに住んでいた家族が引っ越した後、その家は取り壊されて空き地になりました。

これが、どういうわけか建て直されることもなくそのままにされていたのです。

周りには川や公園など遊ぶ所はいくらでもありましたが、私の家から近かったことと、住宅地の中にぽっかり出来た風景が面白くて、その空地でよく遊びました。

六月も過ぎて、梅雨が明けた頃です。

友達みんなを誘って、この空き地で遊ぼうと集まりました。

ところがあちこちに水たまりが出来ていたために、別の場所で遊ぼう、ということになったのです。

そこへ、友達の一人が、
ねぇ、泥で遊ばない？

と言い出しました。

同じ年の友達ばかりでしたから、そんなの小さな子供のやる遊びだ、とか、服が汚れるからやめようよ、という声が次々とあがります。

ところが……。

でもさ、なんかいい泥だよ！　これでね……と、空き地に入ると水たまりの縁《ふち》にしゃがんだのです。

何を始めるんだろう？　と見ていると、泥を手でこねて団子を作ると、えぃ！　とばかりに壁に投げつけました。

パシャッ。

空き地は、家こそ取り壊されていましたが、三方のブロック塀は残されていて、友達は、このブロック塀に泥を投げつけたわけです。

叩《たた》き付けられた泥団子は壁にトマトが弾けたような跡を残していました。

ほら？　面白くない？　こうやっていっぱい壁にぶつけるんだ。隣の家の壁じゃないし、水たまりがいっぱいある今しか出来ないよ！

そりゃそうだ。面白そうだからやろうやろう。

それでみんなして水たまりを取り囲むようにしゃがむと、次々と泥団子を作り始めたんです。

団子が出来れば投げつける、投げつけたらまた泥団子を作る……。

初めてやった遊びに私たちは夢中になりました。

さっきまで、服が汚れるから、などと言っていた友達も、夢中のあまり泥汚れなんかどうでもいいやとばかりにどんどん投げつけています。

あの下から三番目のブロックに集中だ！　とか、上から二番目に誰が一番最初に当てられるか！　などとワイワイ騒ぎながら……。

しばらくすると、私たちがぶつけた正面の壁はもうすっかり泥だらけになって、当てる場所がなくなってしまいました。

あっちの水たまりに行って、綺麗な壁にぶつけようぜ！

と反対の方を指して誰かが言った時です。

壁一面に叩き付けられた泥が、少し動いたように見えました。

今、あの壁の泥、動かなかった？

そりゃぁ重なった泥が落ちただけだよ。

……確かにその時、壁から泥は落ちたのです。

でも私の目には、落ちたから動いたように見えたのではなく、動いたから落ちたように見えたのです。

そこへ、ムクムクッと盛り上がったかと思うと、また泥がポロポロと落ちました。

ほら見て！　やっぱり動いてる!!

本当だ！

みんなが次々と騒ぎはじめる中を、貼り付いた泥が人の形に、それも〝気を付け〟の形に、くり抜かれるように前に倒れてきたのです。

なんだあれ!?

と慌てているうちに、くり抜かれた泥は、ドシャともバシャとも聞こえる音を立てて壊れました。

気持ち悪──っ！

壁から崩れて落ちたのならともかく、まるで将棋の駒が倒れるように平たい人の形をした泥の板が……。

後の壁には、それと同じ形のブロックがむき出しになっていました。

大きさというか身長では百七十センチもある大人の人形《ひとがた》。キレイな左右対称で、頭もあれば耳もある。首のあたりが細くなっているし、まさに人間そのもの……。

泥のタタリだっ、壁が怒ったんだぁ。と口々に叫んで、その場を逃げ出そうとした時です。

「えぇ…………」

と、男の……同意を示すような大きな声がしたんです。

今の声、聞いた？

聞いた、聞いた！　えぇって言った！

怖いやらビックリするやらで、私たちは急いで、その空き地から走り出しました。

ですが、確か〝えぇ……〟の後に何か続けて喋った気がするんです。

それが何と言ったかわからないのがかえって気持ち悪くて……。

おかげで、社会人になった今でも、電話口で、えぇ……と言われると、この時の怖さを思い出してゾッとすることがあります。

墓のお礼

私が小学校四年生の頃はＪＲの踏切近くに家がありました。

当時、私の住んでいる線路のこちら側は家が少なくて、ほとんどの友達の家や学校などの施設は線路の向こう側にあったので、どこかに出かけるといえば必ず、この踏切を渡らなければなりませんでした。

道幅も狭くて車一台がやっと通れるだけ、人通りも少なかったからでしょうね。踏切には警報機だけで遮断機もなかったんですよ。

とにかく、学校の行き帰り、友達の家、お買い物にもこの踏切を渡らなければ何も出来ない毎日を送っていました。

そんなある日の登校の時です。

カンカンカンカンと鳴っている警報機の前で、電車が通過するのを待っていました。

そこに、遠くから、長い警笛が聞こえてきたんです。

いややなぁ、この音、貨物やんか……。

その日はご飯を食べるのに手まどって、いつもより遅れて家を出ましたから、これじゃ学校に遅刻しちゃうと暗い気持ちになりました。

なぜなら貨物列車の通過時間が長かったからです。

もうちょっと早よ出てたら、渡れてたのに……。

ウンザリしながら列車が近づいてくるのを見た時でした。

あれっ？

踏切横から十メートルほど離れた、それも線路側の砂利のあるところに男の人が立っているんです。

白いシャツを着て、ネクタイをしていない会社員のようでした。

あかんやん、あの人、轢《ひ》かれてしまう……。

でも、ついさっきまで誰もいなかったんです。

踏切の周りは田んぼだらけで大人どころか子供の私でさえ隠れる場所はありませんから、不思議でした。

おっちゃーん!!　そこにおったら、危ないよ！

大声を上げましたが、私の声が聞こえないらしくて、線路の向こう側をじっと見つめたままなんです。

ゴ――――。

危ない!!

貨車が男の人のすぐ近くに来たのを見て、私は思わず顔を伏せました。

ガタンガタン、ガタンガタン、……。

いつもは気にならない貨車の音が、より大きく聞こえながら私の前を通って行きます。

あのおっちゃん、大丈夫やろうか?……。

ゆっくりと顔を上げて、目を開けてみると誰もいないんです。

あれ?　なんでやのん?

前は貨物が通過しているわけですからいなくなるわけがありません。

といって周りに、隠れるところなんかありません。こちらの踏切の方に来るか、反対の方向に行くか……いずれにしても丸見えのはずなんです。

変やなぁ、気のせいちゃうと思うんやけど……。

警報機が止まると、私は深く考えるのをやめて学校へと走って行きました。

次に見かけたのは、それから何日か経った夕方でした。

お母さんと一緒に買い物に行く途中のこと、警報機の前で待っている時に、ふっと横を見るとまたあの男の人が同じ場所……、それも同じ格好で立っていたんです。

そこへ向こうからやってきたのは、また貨物列車でした。

と言っても、今度は向かい側の下りだったので、この間の朝ほどはビックリしませんでしたが、線路の近くで何をやっているのかな？　と落ち着いて見ることができた分、前よりも不思議に思いました。

朝ならここからどこにでも行けますが、夕方こんな所にぼんやり立ってどうするんだろうと思ったんです。

ねぇねぇ、おかあちゃん、あそこに立ってるおっちゃん、何やってるんやろか？

えっ？　おっちゃんってどこに？

ほら、あそこ。

どこよ？

指差すと、そこには誰もいないんです。

なんでっ!?　今までおったやんか!?　消えたん？

前回もおじさんに気づいてから、見えなくなるまでわずかな時間でしたが、今回のはまさに一瞬、わずか一秒くらいの出来事でした。

母は全く気にも留めていませんでしたが、私は見たこととおじさんがいなくなったことへの理解が追いつかず混乱して黙るしかありませんでした。

三度目は、また登校の時でした。

多分、同じような時間だったと思います。

そしてまた、貨物列車……。

今度はちゃんと見ていようと、私は貨物列車に目をとらわれないようにして、おじさんだけを見つめていました。

危ないっ！

そう思っても、そらさずに見ていたのです。

ゴ――――ッガタンガタン、ガタンガタン……。

唸《うな》りを上げて、貨車が風で周りの草を巻きあげるようにしながらおじさんの目と鼻の先を通り過ぎて行くのに、ピクリとも動きません。

シャツも髪の毛も、ものすごい風が当たっているはずなのに、全く動かないのです。

そして貨物列車が通過しきる前に、フッと消えていなくなりました。

消えた………。

あっ、わかった！　あのおっちゃんは、あそこで死んだ人なんや。そやからきっと、幽霊や。

そう思ったのです。

私は、死んだ人がこの世に未練を残していると幽霊になって化けて出ると聞いていました。

また、ちゃんとお墓を拝んであげると、幽霊は成仏するから出なくなるとも聞いていたのです。

それで分った気になりました。

誰もあの線路の側にお墓を作って拝んでくれないから、浮かばれないまま、あのおじさんはずっとあそこにいるんだ……と。

成仏させてあげな、かわいそうやから、私がお墓を作ってあげよ……。

その日、学校から家に帰った私は、近くの川に行って大中小の石を両手で抱えると、踏切まで行きました。

警報機が鳴っていないことや、列車が来ていないことを確認すると、急いでおじさんの立っていた場所まで行って石を組み上げたのです。

そして、自作のお墓に両手を合わせると、どうか成仏して下さい……と一生懸命拝んだのでした。

よっしゃぁ、おっちゃん、これでもう大丈夫やで。

私は踏切まで戻ると、とてもいい事をしたと思いながら、意気揚々と帰り始めたのです。

「…………」

……あれ？

その途中、何か小さな声が聞こえたような気がしたので、振り返ると、あの男の人が私の建てたお墓の場所に立っていてこれまでのように線路の向こうではなく、私を見ていました。

あ、喜んでくれはるみたいや。よかった。

すると男の人は、ぺこりと頭を下げて消えたのです。

それから男の人を見ませんでしたから、踏切を通る度に何となく満足した気分に浸る事が出来ました。

ある晩、布団の中でウトウトしていた時のことです。

「ありがとう」

え⁉　誰？

男の人の声でした。

テレビの声やろか?……。

それはどこか遠くから聞こえたような感じでした。

ところが、まるでこれをきっかけにしたかのように、次の日の夜も、その次の日の夜も、寝る前になると同じ声で、ありがとうと聞こえるようになったのです。

こうなると気のせいではないと思います。

しかも気味が悪いことにその声は、毎日毎日少しずつ大きくなっていくのです。

父と母にも話したのですが、冗談としか聞いてくれてないみたいで、お墓なんか作って手を合わせるからあかんのや。とか、気のせいや。そんなこと、あらへんあらへん。と笑いながら言うだけで、真面目に取り合ってくれません。

毎晩聞こえる、ありがとうの声……。

段々大きくなっていく男の人の声……。


また今夜も聞こえるんやろな……あの、ありがとう……。あんなに大きい声やのになんでお父さんやお母さんに聞こえへんねやろ……大きい声?

私は声が大きくなっている割には大声を上げているようには聞こえないことに気がついたのです。それでもしかしたら、声が大きくなっているのではなくて、どんどんあの男の人が近づいてきているのかもしれないと思いはじめました。
そしてある晩、我慢できなくなった私は布団の上で大声を上げたのです。
もうえぇから来んとって‼　ありがとうはわかったから、どっか行って‼
………。
これが良かったらしく、この時から、男の声はピタリとなくなりました。
もうこれでおしまいや……。
万事解決………そう思ったのです。

それから一、二ヵ月経った頃でしょうか……。
お風呂からあがってパジャマを着ているときでした。
トントン、と肩を軽く叩《たた》かれて思わず振り返ったのですが……。
あれ？　誰もおらへん。たった今、叩かれたのに？
そう呟いた瞬間でした。
「ありがとう」
やっ！　怖いっ！
男の大きな声に私はその場にしゃがみ込んでしまいました。
そこへ母が入ってきて、何、大声出してんの？……そんなところに座っとらんで湯冷めするからはよ着なさいよ。と言われたのです。

よかった……誰もおらへんよね？

アホくさ。何言うてんの。

しかしその母の声は、まるで救いの神のようでした。

布団に入りはしたもののまたあの、ありがとうが聞こえるの？　それとも今日はもう聞いたから明日の晩に聞こえるの？　考えれば考えるほど心配でなりません。

……そうや！　もう一回やってみたらええやん！

私は、おっちゃん！　もう家《うち》に来んといて！　と声をあげて布団をかぶったのです。

翌朝、私は早めに起きて、急いでご飯を食べると家を出ました。

念のために登校の途中にお墓に寄って、もう来んといて！　と言うためです。

いつまた肩を叩かれて、真後ろから声が聞こえるかと思うと、怖くて仕方ありませんでしたから……。

お墓の前に座って手を合わせると、もう来ないでとお願いしている時でした。

こら、お嬢ちゃん、こんなところで何しとる？

振り返ると、犬を連れたおじさんが立っていました。

あの、私……。と声を詰まらせていると、危ないさかいこんな線路の近くにおったらあかんやろが！　早よう学校に行きっ!!　と手を握られました。

でも……私……。

そこへ何を思ったのか、このおじさんは私の作ったお墓を見て、なんじゃこりゃ！　気色悪い！　と言って蹴飛ばしてしまったのです。

あっ、お墓を壊されてもたら私、今晩からどないなるんやろ!?

不安は更に広がって呆然としたのですが、さりとてお墓をもう一度作り直す気にもなりませんでした。

そして、怖い気持ちを抑えたまま寝る時間を迎えたのです……。

ところがどういうわけか、あの男の声が聞こえる事も、やって来る事もありませんでした。

今度こそ本当に終わったのです。

私は、親から相手にされずに言われた、お墓なんか作って手を合わせるからあかんのや、という言葉が、実は本当にその通りだったのかもしれないと思えました。

両の手

私が中学二年生の頃だったと思います。

それは法事の席でした。

ちょっとした事に気がついて、にぎやかに盛り上がっている親戚《しんせき》の中から母を廊下に引っ張り出して訊いてみたんです。

ねぇお母さん、どうして二番目の伯母さんは法事に来ていないの？

うちの母は六人姉妹の末っ子でした。

姉妹同士とても仲が良い上に、みんなそう遠くないところに嫁いでいたので、一番目から母まで、普段からしょっちゅう集まっては、お茶をしたり買い物に行ったりしているんです。

おまけに一番目の伯母さんを除いて、全員二、三人の子供がいるうえに、私を含めてこの子供同士も小さい頃からお母さんの集まりにくっ付いていましたからとても仲良し。

だからこそ法事のように、全員が揃うはずの席で気がついたと思うんです。

そういえば一番目と二番目の伯母だけは、法事で同席しているのを見た覚えがない

……という事を。

それを母に訊いてみたのでした。

…………。

母はしばらく黙った後、もう抱っこされる年でもないから、話しても大丈夫よね。

と妙な事を言うのです。

抱っこ？　そんな事と二番目の伯母さんが法事に出ない事と、何の関係があるの？

今いる一番目の伯母さんをよく思い出してごらんなさい。と母はその伯母さんが座っている方の障子に向かって顎《あご》をしゃくってみせました。

えっ？　どういうこと？

そう言われてみると、この伯母さんにだけ子供がいませんから、何となくぽつんと一人でいるような気がします。

とはいえ、特に変わっているとは思えません。

別に何もないんじゃないの？　伯母さんと抱っこと何の関係があるの？

ぽつりと母が呟くように言いました。

……あのね、一番上の伯母さんにも三人の子供がいたのよ。

え⁉　本当に？

私はずっとこの伯母さんには、子供が出来なかったと思っていたのです。

じゃぁ、その子達はどうなったの？

……それがね、三人が三人とも二歳になる前に肺炎をこじらせて亡くなったの。

………。

知らなかった……ごめんなさい。

話はこれから。……それでね、二番目の伯母さんに赤ちゃんが産まれた時……自分の子を続けて亡くしていたからよほど嬉しかったんでしょ。一番上の伯母さんがお祝いに行って赤ちゃんを抱っこしたの。そしたら……どういう偶然かこの子が二週間もしないうちに肺炎で亡くなってね……。それが、未《いま》だに許せなくて、一番上の伯母さんがいる時には二番目の伯母さんは来ないのよ。

私はちょっと複雑な気持ちになりました。

でもそれって赤ちゃんの話でしょ？　さっき私に言った、抱っこされる事はないから、ってどういうことなの？

それを聞いた母は、バツが悪いかのように、もっと顔を曇らせたんです。

余計な事を先に言っちゃって悪かったわね。私もこんな話を信じているわけでもないけど、二歳を過ぎるまであなたを一番上の伯母さんの前に連れて行ったことがないの。抱っこされるのが怖くて……。

………。

そういえば確かに私は、一番上の伯母さんに抱っこされた覚えがありません。というよりも、小学生になってから伯母さん達の集まりに入れてもらえるようになったし、その頃にやっと一番上の伯母さんを見た覚えがありました。

どうしてそんなことしてたの？

だって……続けて四人の子供が肺炎で亡くなったでしょ？　誰言うとなく、一番上が子供を抱くと肺炎で死んじゃう、ってことになってたの……。

ひどい……。そんなの偶然じゃない。

そうだとは思うけどもね、実は私たちよりも一番上の伯母さんの方が気にしていたの。だから二度と赤ちゃんのうちに見に来ることはなかったし、子供が大きくなって自分の所に遊びにきても決して抱っこどころか触ることにも気をつけていたから……。

じゃお母さん、それぞれの子供が小さかった時には、みんなが集まっても一番上の伯母さんだけ遠慮して来なかったってわけ？

母は何も答えませんでした。

…………。

私は、一番上の伯母さんが酷《ひど》く気の毒で可哀想に思えて、席に戻ってもその顔を見ることが出来なくなっていました。

きっと誰よりも子供を可愛がってあげたいと思っているに違いないのに、今も触ることにさえ気をつけているなんて……。

法事から五年ほどして、その一番上の伯母さんが亡くなりました。

荼毘《だび》にふされた伯母さんを骨壺に入れるという段になった時のことです。

ほとんどが真っ白な灰になったというのに、どういうわけだか両方の手首より先だけが、しっかりとした骨のまま残っていたのです。

この両手の骨だけは、そのまま骨壺に納めるかどうか、親戚一同でちょっとした騒ぎになりました。

横の席

この冬の話です。

確か午後の二時頃だったと思います。……あれは登別《のぼりべつ》から国道三六号線を北にしばらく走って、そこから間道に入った時の事でした。

特に道には何もなかったはずなんですが、いきなりドンッと車が何かに乗り上げたかと思うと、それまで何の問題も無かったエンジンが、スッと止まってしまったんです。

うわっ!!　最悪!!

幸いエンジンをかけ直すとすぐに動きだしたんですが、今度はタイヤがスリップして車が動きません。

まいったなぁ。スタッドレスを履いているのに、どういうことなんだ?……。

外は例年にない大寒波、雪が横殴りに降っていて、周りの景色は白い闇に包まれています。

仕方が無い、外に出てタイヤの様子を見るか……。

そう思ってドアに手をかけたところ、これがビクともしないんです。

まさか⁉　ドアが開かない⁉

確かに外は大雪ですが、車体が埋っているわけではありません。だから、ドアが開かないはずがないんです。

仕方ない……反対側のドアから出るか……。

そう思って、助手席側のドアを開けようとしたのですが、こちらもビクともしません。

こりゃ、本当にマズイぞ。

ありがたい事に、エンジンは動いているのでエアコンが車内を暖めてくれています。

とはいえ、さっき一度エンジンが急に止まったくらいですから、そうそう安心もしていられません。

冬の北海道で、それも稀《まれ》にみる猛吹雪の中で、車が故障するということは即、命に関わります。

雪の少ない地方の人にはわからないとは思いますが、たとえ町中であったとしても、雪山のような遭難ということがあり得るのです。

このエンジンが動いているうちに、と、携帯を取り出してＪＡＦに連絡をとりました。

ところがさすがにこれだけの猛吹雪なので、急ぎますが到着時間は何とも……、という返答。

それでも来て頂けるのはありがたいですから、よろしくお願いいたしますと、電話を切りました。

ふと気がつくと、もうフロントガラスはおろか、周りの窓は雪で真っ白。

今は暖かいけれど、エアコンに負担をかけすぎるとバッテリーが心配……さりとて、節約にエアコンもエンジンも止めたら、次に動くかどうかわからないし……。

あれ？

気のせいかエアコンの温風の温度が下がった感じがしました。

いやや、きっと車外に降り積もった雪が影響しているに違いないと思ったので、のんびりと車で待つ気にはなれません。なんとかＪＡＦが来るまでフロントグリルの除雪が出来ないものかと、再度ドアを開けようとしましたが、やはりビクとも動きません。

このまんま雪に埋もれていたら、エンジンもそう長くは……。

と思った時、その頼りのエンジンが止まったのです。

本当かよ!!　動けよ！　こら!!

何度キーを捻《ひね》ってても手も足も出ませんでした。

こうなっては手も足も出ませんから、ただひたすらＪＡＦの到着を待つしかありません。

車内の温度は急速に下がり、ダウンを羽織ってしばらくすると、息が白くなってきました。

う――っ寒っ……待てよ?……いくらなんでも寒くなるのが早すぎないか……いや、それに、いくら雪の中でもこんなに車内が冷えるのか?……。

そう首を捻っていた時です。

カチカチ。カチカチ。カチッカチカチ……。

という小さな音が、どこからともなく聞こえ始めたんです。

歯が鳴る音か？　これ？

もちろん私の歯の音ではありません。

吹雪いている時に外からこんな小さい音が聞こえるもんかな?……。

カチカチカチカチ……。

大体どこから聞こえてくるんだ？

音がする方に耳を集中すると、隣の助手席から聞こえてくるんです。

なんと誰も座っていないシートで、歯が鳴っているんですよ！

こんなことがあるはずないだろ……。

そこへ重なるように、後ろの席からカチカチという二人の歯の鳴る音が聞こえだしたんです！

私一人の車内なのに、三人の歯の鳴る音……。

カチカチカチカチッ……。

おい……やめてくれよ……。

この音を聞いているうちに、更に車内の温度が下がった気がしました。

実際に寒くなったのではなく、怖かったからかもしれません。

いつの間にか私の歯もカチカチと鳴り始めて、自分でそれを止める事が出来なくなっていました。

カチカチカチカチカチッ。

車内に響く四人の歯音……。

もう、歯音をあり得ないと否定する気などどこかに行って、車内の凍死寸前の人達が、一緒にこのまま死なないか？　と誘う呪文のようだとすら思うようになっていました。

そこへ、今度は自分の歯の鳴る音が強くなったのです。

ガチガチガチガチッ。

怖さが寒さを超えて限界に達したんです。

助けてくれ――――!!　誰かぁ――――っ!!

大声で叫びながら車内を見渡すと、なんと周りの窓にうっすらと霜がおりているんです。

いくらなんでも、こんな短時間で車内に霜なんておりません。

しかも助手席には、まるでそこに人が座っているかのように、丸く縦長に霜がついていないんですよ！

まさか？　人がいるのか!?

ハッとして振り返ると、後部座席のシートにも二人分の……座っている形に霜がついてないんです！

いるのか？　人が……。

ガチガチガチガチッ。

ウルサイほどの歯音が響き渡る中で、突然ピタリと止まりました。

あぁ……俺はこのまま死ぬんだ………。

静まり返った車内に、再びビュ――――と、外から吹雪の音が聞こえ始めたのです。

とそこへ、コンコンとノック音が大きく響きました。

うわっ！

絶叫をあげたと同時に、ガチャッと助手席のドアが開いて、真っ白の背景と一緒に人の顔が見えました。

大丈夫ですか？　お待たせいたしました。ＪＡＦです。

…………。

私はこれで救われましたが、それでも心に何か……こう……やるせない気持ちが大きく残りました。

烏の言葉

笑われるのでほとんど人に話した事はないのですが、実は私……、六歳の頃にだけ、烏《カラス》の言葉がわかったんです。

いいえ、それだけではありませんでした……。


六歳の誕生日を過ぎたある日のことです。

いつものように女の子ばかり集まって、おままごとで遊んでいると、突然私の周りにバサバサと真っ黒な鳥が六羽、舞い降りてきたんです。

小さな私達から見た烏は、もの凄《すご》く大きな鳥のお化けでした。

それはもう、怖くて怖くて……。

もちろん日頃から空を飛んでいたり、屋根の上にとまっているのを見た事がありましたから、烏そのものは知っていました。

とはいえ、生まれて初めて近くに降りてきたのを見たものですから、もうビックリどころではありません。

みんなギャーギャーと大泣きの大絶叫です。

一緒にいた友達は、すぐに大声をあげて散り散りバラバラに逃げ出して、私もそれに続いて逃げようとしたのですが、そこを鳥に先回りされて前を塞がれたのです。

どうしようと、横を見れば鳥、後ろを見ても鳥……。

私は、あっという間にぐるりと囲まれて動けなくなっていました。

その時、私の正面にいた一羽の鳥が、

「怖がるな」

と小さな声でささやいたんです。

え……。

すると、私を囲んでいた残りの五羽も、同じように、

「怖がるな」

と木霊《こだま》のように次々とささやくのです。

そんな事を言われても、小さな私には無理な話……。

喋る鳥に怖くなった私は、その場でしゃがみ込んで泣き出してしまいました。

そこへ、こらっ！　という大声と共にバサバサと羽ばたく音が聞こえると、もの凄

い風にあおられて、大丈夫かい？　怖かっただろ？　と知らないおじさんから、声をかけられたのです。

……これが、私と烏達との最初の出会いでした。


その一件があってからというもの、一人で外に出るのを狙っているかのように、六羽の烏が私の側に舞い降りて来るようになりました。

怖さって不思議なものですね。何度も何度も囲まれて、何度も何度も通行人や近所のおじさん、おばさんに助けてもらっているうちに、とうとう囲まれたくらいでは怖さを感じなくなっていったんです。

怖さが薄まってくると、私は知らん顔をしながら堂々と烏の間を抜けて歩けるようになりました。

それに、いざとなれば大人の人を探して駆け寄れば、決して近寄って来ないことに気付きましたから……。


そんなある日のこと。

いつものように烏に取り囲まれたのですが、この時ばかりはいつもと違っていました。

なんとその背中に、白いロウソクみたいな棒が立っていたからです。

え――っ!?

それはぐるりと囲んだ六羽の全ての背中に立っていました。

目も疑う光景にしばらくはポカンとしていたと思います。

といってもその時の私は、何が立っているのか?よりも、どうして倒れないんだろう?という事のほうが気になったんですけどね……。

だからでしょうか? 倒れない理由《わけ》が知りたくて、ロウソクのようなものに余計目を奪われてしまいました。

すると、上の先端部分がくるりと丸くなって、肌色になったかと思うと、赤ちゃんの顔になったのです。

六羽のロウソクの先に、同じ赤ちゃんの顔……。

「めでたい」

この一言に続くかのように、

「めでたい、めでたい、めでたい」

他の鳥も一斉にささやくと、バサバサといっぺんに飛び去っていきました。

私は、更に呆然です。

………何がめでたいんだろう?……そうか！　きっともうすぐ誰かに赤ちゃんが

生まれるんだ。

嬉《うれ》しくなった私は、さっそく家に帰ると、お母さんにこの話をしたのですが、ちっとも信じてくれません。

まあ……当然ですよね。

夜になって、帰ってきたお父さんにもこの話をしました。

ふーん、本当にその通りになったらたいしたものだ。と言ってくれたのです。

もちろんお母さんは、何をバカなことを言ってるの？　いい加減な気持ちで子供の話を信じるフリをしないでよ！　と、お父さんをたしなめるように言いましたが、当のお父さんはいたってマジメな顔。

お前はそんなことを言うけれど、この子がしょっちゅう鳥に囲まれている話、町内会でも聞いたぞ。

すると、お母さんも、鳥の話は私も聞いた……そういえばこの町内にお腹の大きな人がいるわよね……と少し信じてくれました。

そのお母さんを驚かせたのは二日後のことです。

赤ちゃんが生まれたお祝いをどうしましょうか？　と町内会の連絡網の電話が入ったからでした。

それから一ヵ月ほど後のことだったでしょうか……。私が友達と公園で遊んでいると、また鳥が次々と舞い降りてきて私を取り囲んだのです。

その六羽の背中には、いつの間にかロウソクのようなものがまた立っていました。降りてくる時には見えないんですけどね……。

……あれ？

ところが、この時はいつもと違って何も喋りません。

更に驚いたのは、すぐ近くに子供連れのお母さんやおじさんおばさん……とにかく大人の人が沢山いたんです。

それなのに、鳥は逃げようとしません。

逃げない鳥達に私は急に怖くなりました。

と、その時。

白いロウソクの先がまた丸く……そう、こけしそっくりになって色がつくと、おじいさんの顔になったのです。

あっ、知ってる！　三軒隣のおじいちゃんだ！　おじいちゃんがどうなるの？

と、思わず問いかけたのですが、鳥は何も言わず、おじいさんの顔をした白いこけしを背にしたまま、バサバサと飛び去っていきました。

……おじいちゃんが死んじゃうんだ。

もちろん、すぐ家に帰るとお母さんにこの話をしました。

縁起でもない！　これからはそんな話は絶対にしちゃだめよ！

…………。

今度ばかりはお父さんも気味悪がって、お母さんの言う通りだ、と味方にはなってくれなかったのです。


そして、一週間後、そのおじいちゃんが亡くなりました。

これにはお父さんもお母さんも、驚くのを通り越して怒りだしたんです。

もう絶対に鳥なんかと遊んではいけない、とか、口をきいてはいけない、とか言われて……。

そんなことを言われても、私は好きで鳥を集めているわけでもなければ、お願いして教えてもらっているわけでもありません。

ですが両親の顔が、いたずらなどで怒っている時とは全く別の表情を浮かべていることに、私は怖くなりました。

それからは、最初の頃と同じように、鳥から急いで逃げるようになったのです。

というより、なるべく一人にならないように注意して、大きな羽の音を耳にしたとたん、一目散に走って逃げるようにしました。

もちろん烏は後を追いかけてきましたが、何も考えずに店に飛び込むとか、誰か大人の人を見つけて、その側に走って行くようにしたのです。


ある日のこと。

友達の家からの帰り道でした。

後ろからバサバサと烏の羽の音が聞こえたのです。

あっ、また囲まれる！

私は急いで走り出すと大人の姿を探したのですが、走っても走ってもこの時に限って誰とも出会いません。

そこへ、神社のある鎮守の森の入り口が見えたのです。

木がいっぱい生えている森の中に入ってしまえば、きっとついて来れない。

そう思った私は、勢いのままお社の前まで走っていったのです。

思った通り烏達はそのままついて来れませんでしたが、不思議な事に境内そのものはぽっかりと空に向かって口を開けているのに、森を飛び越えて入ってはきませんでした。

あぁよかった。

丁度その時です。

バサッ、バサッ、と羽ばたく音が聞こえたのです。

びっくりして振り返ると、本殿の中で神主さんが御幣《ごへい》を手に祝詞をあげているところでした。

羽の音に聞こえたのはこの御幣の白い紙の音だったのです。

何だ、鳥じゃなかったんだ……。

ぼんやり眺めているうちに、祝詞が終わってお祓《はら》いを受けていた人達が出て行ったのですが、そこで神主さんと目が合いました。

…………。

すると、何を思ったのかその神主さんが、私に向かっておいでおいでをするんです。

私？　ですか？

おじょうちゃん、妙に気に入られてるみたいだけど、大きくなったら巫女《みこ》さんにでもなりたいのかい？　と聞かれたんです。

私は巫女さんという言葉を知らなかったので、わからないとしか答えようがありません。

そうか、そうか……、そしたら昔、神様とご縁のあった方がいらっしゃったに違いない。中に入ってお座りなさい。

そうして、さっきの人達のように祝詞をあげて頂いたのです。

気のせいかもしれませんが、何か急に体が軽くなったような気がしました。

それ以来、鳥が私に近づいてくることも、言葉が聞こえるようなこともなくなったのです。

エンジンの音

終戦後しばらくたった頃です。

当時私はまだ十四、五歳でした。

その私の家にある日、突然叔父さんと名乗る人がやって来たのです。

今でもよく覚えていますが、ただ単に叔父さんが訪ねて来たという感じではありませんでした……。


たまたま私が便所か何かで廊下に出た時に、ふと玄関を見ると、痩《や》せて薄汚れた人が立っていたんです。

いえ……、もうちょっと当時の記憶に従って言えば、明るい玄関のガラス戸の前に黒くて細長い蛹《さなぎ》が立っていると思ったんです。

それが人だとわかるまでは、おかしな気分になりました。

玄関の引き戸は開けるにしても閉めるにしても、もの凄《すご》く大きな音を立てたので、誰か入って来た事に気づかないはずがなかったからです。

ですから、誰だろう?という人的なものではなく、何だこれ?いつの間に入って来たんだ?という物的な感じでした。

少しして、どちら様ですか?　と言いながら近づいて行くと、そこから漂ってくるすえたような臭いにやられて、すぐに乞食が物乞に来たんだと決めてかかり、声を掛けてしまったことを後悔しました。

今時、耳にしない言葉ですから適切ではないと承知していますが、この時代そんな人が溢れていたんです。

僕、お金持ってませんから……。

俺だよ、俺。

………あれ?

その声にはなんとなく聞き覚えがありました。

ですが、誰だかわかりません。

ゼンジだよ、ゼンジ叔父さんだよ。

思い出した!　確かにゼンジ叔父さんの声だ……戦地から復員されたんだ。

しかし、名前と声が重なっただけで、顔や姿は別人……。

外からの逆光のせいもあったでしょうが、目の前にいるのは日焼けと汚れで真っ黒、髪の毛も髭《ひげ》もバサバサ、ガリガリに痩せて目が窪み、黒太い眉毛《まゆげ》だけが目立つ、全く知らない人にしか見えなかったのです。

本当にゼンジ叔父さん？

思い出してくれたか？　と、明るい声と共に口のあたりが動くと、その顔に白く異様に光った一本の横線が見えました。

真っ黒い体の中で、歯並びだけが真っ白だったんです。

ノリヒサ……兄貴は？　いや、お父さんは？

……あの、用事で外に出ています。

そうか。兄貴も生きてたか……よかった。

間違いない、本当に叔父さんだ。叔父さんが帰ってきたんだ……。

ところが、叔父さんとわかったのに、どうしてもこれ以上話すことが出来ません。

あまりに別人にしか見えない姿と、その臭さと汚さに……、どう話せばいいのか？

勝手に家に上げていいものなのかがわからなかったのです。

せっかく生きて、内地に帰って来たというのに……です。

叔父さんも、自身のことをわかっていたのだと思います。

ただ、じっと黙って立っているだけで、家に上げてくれだとか、わざと明るく振舞ったりだとか、無理に思い出話をしようという素振りもみせませんでしたから……。

きっと叔父さんは私の顔を見て、始めっから察していたのだと思うのです。

とにかくこの時は二人して玄関と廊下で、ずっと立ち尽くしていました。

心の中では叔父さんなんだから、もっと喜んで、どうぞ上がって下さいと言わなければ……と、思っているのに、どうしてもその決心というか最初の一声が出ません。

いつまでたっても、その見窄《みすぼ》らしい姿とあまりに凄い臭いが厚い壁となって、どうしても口が開かないんです。

ボロボロに見える服は軍服だし、足に巻いているゲートルも靴も軍人さんのものですから、どれほどの苦労で家まで訪ねてきてくれたのかわかっていても……。

あの……叔父さん、いつ戦地から帰って来られたんですか？

この一言が、壁を壊しました。

あぁ、こっちには五日ほど前だ！　帰って来た！　ただいま。

よかった！　お帰りなさい、ご苦労様でした。あの……叔父さんはご自分の家に帰られる前にわざわざ家《うち》によって頂いたんですか？

一瞬で、雰囲気がガラッと変わりました。

………。

しばらく黙った後、うつむき加減で、

うちの家内から何か伝言を預かってはいないか?

と、呟いたのです。

えっ?　叔母さん?……。

どうしよう……何も聞いていない。

どう答えていいかわからないままで、返答に困っていた時です。

ガラガラガラッ、と叔父さんの後ろの戸が開いて、母が帰って来ました。

………。

母を振り返ったのに動かない叔父さん。

叔父さんを見て、あっ、と驚いたままの母の顔。

………。

母の驚きの顔が、どんどん崩れて目に涙を浮かべ始めました。

よくぞ……よくぞご無事で帰られました。

義姉さん……あの……。

母はすぐに、中に入って!　と、たたきに上がりましたが、叔父さんに動く気配がありません。

………。

どうしたんですか?　さぁどうぞ、お上がりになって下さい。

もう一度母がうながすと、叔父さんの顔がまた俯きました。

義姉さん、うちのから連絡はないですか？

あっ……。

勢いが母から消えると、ゆっくりと同じように俯いてしまったのです。

……。

私はこのやり取りを見ていることしか出来ませんでした。


しかし、私にはどうして母と同じ言葉がかけられなかったんだろう……という大きな後悔が残って、後々ずっと叔父さんと、まともに口をきくことが出来なくなってしまったのです。


母は、食事の支度をはじめ、叔父さんが風呂から上がって落ち着いた頃、ようやく父が帰宅して、ささやかながら祝いの食卓となりました。

しかし……、叔父さんは、箸《はし》を手にしませんでした。

兄さん、うちのからの連絡はありませんでしたか？

……。

終戦後、叔父さんはやっとの思いで内地に帰り、その足で自宅に戻ってみると、そこは一面の焼け野原。

どこに自分の家があったのかほとんどわからなくなっていたといいます。

家内は生きているのだろうか？

消息を求めてあちこち聞いてまわってみたものの、どうしても行方がわからない……。

それでうちに訪ねて来たということでした。

その日から、叔父さんは私の家に住み、奥さんを探す毎日が始まりました。

しかしその行方は杳《よう》として知れず、叔父さんは次第に家にいる時間が長くなり、このままではいけない、と、父は仕事を勧めるようになったのです。

叔父さんも、ただ世話になっているだけの自分が心苦しかったのでしょう、すぐに職をみつけて働き始めました。

ところがどこに働きに行っても、どういう訳か一ヵ月と続きません。

これを繰り返していくうちに、とうとう外にすら出ないようになったのです。

父から、どうして働いてもすぐに辞めるんだ？　と何度尋ねられても叔父さんは、申し訳ない、の一点張りで決して事情を話そうとはしませんでした。

そのかわりということでもないのでしょうが、頭を丸めて、毎日仏壇の前に座ってはお経をあげるようになったのです。

私はといえば、いつも仏間の障子を閉めきってブツブツとお経をあげている叔父さんが、まだ別人としか思えないままでいました。頭の中に焼き付いている叔父さんは、とても明るくて、話し好きだったのです。

小さい頃はわざわざ奥さんと一緒に家まで訪ねて来てくれて、いろんな所に連れて行ってくれました。

二人には子供がいなかったので、私のことを自分の子供のように可愛がってくれたのだと思います。

それが頭を丸めて、食事の時もほとんど口をきくこともなく、毎日毎日仏間に閉じこもってお経をあげている様子に、とても残念な気持ちでいました。

せっかく生き残っても奥さんの生死もよくわからない中では、意味がないんだろうな……。

私はそう思うしかありませんでした。

ある日のこと。

廊下を歩いていると、小さく聞こえていたお経がピタリと止まって、障子の向こうから叔父さんが出て来たのです。

私は日増しに後悔の念が強くなっていましたからここぞとばかりに、どうして外に出ないんですか？　と話しかけてみました。

いや……いい……外に出ると、かえって落ち着かないんだ。便所に行く。そこをどいてくれないか。

と呟くように言うのです。

私は、何か答えをはぐらかされたように感じました。

どう考えても、部屋を閉め切って陽《ひ》のささない仏間に閉じ籠《こ》もる毎日が体にいいわけはありません……。

そうだ叔父さん、僕と一緒に散歩に行きませんか？

いや……いいんだ。外に出たくないんだ。

どうしてです？

……車が……。

車？

思いもよらぬ言葉を耳にしました。

車がどうしたんです？　そんなのよく見かけるし、気をつけていれば危なくなんかないですよ？

叔父さんは、しまった！　という顔をしたまましばらく黙っていました。

しかし、私も絶好の機会だと思いましたから、話を聞くまではと、我慢比べを挑んだのです。

とうとう堪えかねた叔父さんが、怖いんだ……、と呟きました。

怖い？　車がですか？

正直、驚きました。いい大人が本気で車を怖がるとは思えません。

いや、車が怖いんじゃないんだ……。エンジンが……、その音が怖いんだよ。戦地では毎日毎日、耳を澄ませていてね……。それこそ、葉っぱを踏む音、小枝を踏む小さな音まで……。だからやたらと耳が良くなって……それに敵機の音をすぐ聞き分けなくちゃならなかったし、闇夜の海岸で物資や人を運んでくるダイハツの音に気をつけなければならなかったし……。だから、町中で走り回る車のエンジンの音を耳にするたびに、戦地ばかりを思い出して怖くて仕方がないんだよ。気にしないようにしても、ダメなんだ……。気にしないように、気

…………。

叔父さんはどうしてもエンジンの音という音が怖いので、戦友の冥福を祈り、奥さんの無事を祈る自らの読経で消しているのだと言って、便所に行ったのです。

この日を境に、叔父さんが仏間に閉じ籠もる時間が更に長くなりました。食事も一日に一度、朝ご飯だけ。

風呂にも入らず、出てくるのは食事と便所の時だけになりました。

仏間からは夜になってもお経をあげる声が聞こえましたから、一体いつ寝ているんだろうと思うくらいでした。

もちろん父も母も体によくないからと叔父さんを部屋から出そうとしたのですが、まるで人が変わったかのように、来るな！　放っておいてくれ！　と怒鳴り散らす始末なんです。

その食事ですら、声を掛けに近づくだけで怒鳴るので、ここまで頑固ならばと呆《あき》れた母は、食事や水をお盆に載せて仏間の前の廊下にそっと置くようになりました。

そのご飯も便所の時に、ひと摑《つか》みほど食べているだけ。

さすがの父も、一度体を壊せば看病してもらわざるを得ないのだから、それまで放っておけ、とさじを投げてしまったのです。

そのお盆の上げ下げにも怒鳴り散らす叔父さんが、二日続けて全く食事に手をつけなくなりました。

これにはさすがに父も母も心配して、無理矢理にでも引っ張りだそうとした時のことです。

「来るな」

バカ！　いい加減にしろ！　お前二日も食ってないじゃないか？

そう父が怒ると、有無を言わさず障子に手をかけました。

「開けるな！　放っとけ！」

うるさい！　と怒鳴り返して障子をスパンと思いきり開けたのです。

……おっ、おい⁉

そこには正座して手を合わせたまま、うな垂れるように小さく丸まっている叔父さんがいました。

同時に仏間から、ドッと腐った臭いが漂って来たのです。

その姿はどうみても、亡くなってから何日か経っているように見えました。

入る寸前まであれだけはっきりと大きな怒鳴り声がしたのに、まさかこんなことになっているなんて……。

障子を開ける直前まで、読経や怒鳴り声が聞こえたことも不思議でしたが、死後何日か経っているのに、二日前まで食事に手がつけられていたのはもっと不思議でした。

ええ、もちろん、両親に車のエンジンを怖がる話はしていました。

しかし、母はともかく、父はそんなバカな話があるか、とマジメにとりあってくれませんでした。

俺だって戦地帰りなんだぞ、と言って。

これが本当にバカな話なら、怖かったのはエンジンの音だけではなかったのかも知れませんね。

フロントからの電話

私はかれこれ二十年近く、工務店をやっております。

とは言っても小さい会社なもので、一般建築工事から内装工事はもちろん、防犯工事の取り次ぎ業務まで何でも手広くやっていますが、このところ不景気ですから、市内や近辺の町だけでは会社が回りません。

おかげで最近は人のつてを頼ってよその県にまで出向いて、仕事とあらば何でも請け負う始末です。

愛知県の同業者の友人から、仕事をまわしてやるぞ、と連絡をもらって出向いた時の話を聞いてください。

着いたその日は、紹介してくれた友人の事務所の人と顔合わせを兼ねた酒盛りになりました。

さかんに飲みたがる友人に、明日は仕事の話があるんだから、と少々無理を言って店を出たのは、日付が変わる少し前だったと思います。

ほら、これがあんたの泊り先。

友人から渡されたメモを見ると、ホテルの名前と電話番号に簡単な地図が書いてありました。

……そしたら、明日に備えてゆっくり休んでや。

そう言われて別れたのです。

メモ通りに歩いて辿り着いたそこは、七階建てのビジネスホテルでした。

チェックインすると、フロントの若い男から、七〇二号室と書かれたプレートのついた鍵を渡されたのです。

やれやれ、疲れた。

部屋に入るなり、ベッドに座って、そのまま後ろに倒れ込むように寝転びました。

職業柄といいますかね、どこに行っても内装だの建て付けだのが気になります。ぼんやり天井を眺めてから起き上がると、ゆっくりと部屋中を見て回ったんです。

人の金で予約してもらった素泊りの客が言うのもなんですが、古くさいんだか、暗いんだか、ともかく、えらく辛気臭いホテルだなぁと感じました。

……さて……、風呂《ふろ》に浸かってさっさと寝るか。

バスルームに入ってお湯を溜めようと、コックをひねってしばらく湯船をながめていました。

この調子ならもうちょっと時間がかかるか……。

お湯が溜まるまでの時間潰しにベッドに戻ると、そのまま座ってテレビをつけた途端でした。

いきなり、部屋の電話が鳴ったのです。

何だ？　こんな時間に？

受話器をとると、フロントからでした。

デリヘルの子がホテル前に着いたと電話がありましたので、お部屋にお通ししてもよろしいでしょうか？

はぁ？……デリヘル？　そんなの頼んでませんよ。部屋を間違えてるんじゃないですか？　それに私、ついさっき部屋に入ったばかりですんで。

そう言って、電話を切ったのです。

やれやれ……おっと、お湯、お湯……と。

酔いの覚めるような電話に少々腹がたちましたが、まぁ……間違いは間違いだ。

あまり怒ると眠れなくなるので、テレビで気分を抑えようと少し音量を上げた時でした。

また、部屋の電話が鳴ったのです。

もしもし!?

またもや、フロントからの電話です。

お休みのところ申し訳ございません。間違いなく七〇二号室からだと電話がありまして……、もちろん、ちゃんとお伝えしたんですけど……。

そんなの知らん！

ガチャン!!

話はまだ続くようでしたが、叩《たた》き付けるように受話器を置いたのです。

一体何の悪戯《いたずら》だか……。

もう寝ようと決め込んだ私は、さっさと服を脱ぐと、バスルームに入りました。

お湯はまだ半分くらいしか溜まっていませんでしたが、入っているうちになんとかなるだろうと、湯船に浸かったのです。

それに、あのままベッドに座ってテレビを見ていたら、また電話が鳴りそうな気がしたのもありました。

湯船の中に体を沈めても、抱えた膝頭がまだお湯の中に沈み込まないくらいのタイミングでしたか……。

コンコン、コンコン。

ドアをノックされたんですよ。

いやぁ、これにはビックリしました。

地方のビジネスホテルで夜中に、ノック音ですからね、人を湯船で溺れさす気か!!と腹が立ったの立たないの。

他の部屋の迷惑も考えず、バスルームの扉を通してドアの外にも聞こえるように、怒鳴りました。

誰だよ!?

何か返事が聞こえた感じもしたのですが、お湯の溜まる音でよく聞こえません。

……ええい、くそ!

しょうがないなとバスルームを急いで出ると、腰にバスタオルを巻き、その上からバスローブを羽織りました。

どちら様?

ドアの向こうから小さな声で、誠に申し訳ございません、フロントです、と聞こえたのです。

やっぱりか……。

仕方なく、少しだけ開けると、さっきチェックインした時の若いフロントの顔が覗《のぞ》き込みました。

いったい何の用ですか？

彼は大変困った顔をして、すみません、デリヘルの子を連れたマネージャーが、どうしても引いてくれなくて。車に女の子を待たせているんだから、ちゃんと話を通せ……と。

本当に困り果てている気持ちが、その声と顔からわかります。

…………。

これじゃまるで、私が弱いものいじめをしているように思えたので、さっきまでの怒りが、少し同情に変わりました。

あのね、何も部屋までくる事はないんじゃないですか？　頼んでいないと言ったら、頼んでいないんだから。他の部屋にも、あたってみたらどうです？

それがですねぇ、お客様。七階はお客様だけなんです。

そんなことを言われても、身に覚えのないことはしょうがありません。

私ね、あなたが受付してくれたんだからお分かりの通り、着いたばっかりなんです。酒も呑んでいるし。予約はこの近くの工務店だったでしょ？　仕事で来たんです。この町に来たのも初めてだし。デリヘルの電話番号なんか知るわけがないんです。とにかくデリヘルのマネージャーにそう言って帰ってもらって下さい。それからもう、私、寝ますから。

機関銃のように言い捨てると、狭い隙間なのにわざと大きな音をたててドアを閉めて、ベッドに向かったのです。

もう風呂なんか、どうでもいいか……。

そう思いながらベッドをみて息を呑《の》みました。

掛け布団が足下に向かって、三つにたたまれているんです。

これから寝るための準備ができているわけですよ。

まるで、そんなに怒ってないで一緒に寝ましょと言わんばかりに……。

私はドアまでとって返すと、鍵を開けて、恥も外聞もなく、バスローブを腰に巻いたタオル姿のままエレベーターへと走って行きました。

丁度エレベーターのドアが閉まりかけているところに間に合い、中からフロントの兄ちゃんを連れ出すと、これはなんだ？　と言わんばかりにベッドを見せたんです。

これね、信じられないかもしれないけど、俺がやったんじゃない！　さっきドアで兄ちゃんとしゃべっている間に、勝手にたたまれていたんだ。

それを見た兄ちゃんの一言が強烈でした。

あぁ、それなら……。承知しました。すぐに二階に部屋をご用意致します。

ですよ？　それで帰って行ったんです。何の理由も訊かずに。

よかった……いや、待てよ……。

さっき何か話を途中でやめなかったか？　デリヘルの話はあんなに食い下がったのにおかしくないか？　と思いましたが、とにかく替えてくれるというならばありがたい。考えるにしても話を訊くにしてもそんなのは後だ！とすぐさま服を着て鞄《かばん》を肩から下げ、廊下に出ようとしました。

ところが、ドアを出たところでグイッと鞄のベルトが後ろにひかれたのです。

こんな時に、何に引っかかったんだ？

ベルトを外そうと振り返ると、ベルトの付け根に白くて細い手首が見えたのです。

うわっ！

咄嗟《とっさ》にその手を振り払おうと、肩を思いきりよじってベルトを引っ張ったんです。

瞬間、しまった！　と凍りつきました。

手首の主を、鞄ごと廊下に引き出してしまったと思ったからです。

………。

ありがたい事に、その反動で飛び出したのは鞄だけでした。

それで私はすぐにエレベーターに向かって走っていったのです。

……きっとデリヘルに電話したのもあの女に違いない。

二階の部屋に入って、落ち着いて考えてみると、あれ？　と首をひねったのです。女と思ったのは目の奥に焼きついたその手の主が、女としか思えなかったからでした。

しかし、女って……女が、デリヘルを呼んだりするか？

まさかあの手が男？　と。

いずれにせよフロントは、デリヘルの主があれほど私だと思い込んでいたのに、掛け布団を見せて大さわぎすると、黙って部屋を替えてくれたんですから、デリヘルにかけた電話は疑って、ありえない布団の方は信じたわけです。

ひょっとして、ああ、それなら……の続きは、幽霊なら納得……ってことですか？

早寝の子

私の友人家族が、隣町に引っ越して行きました。


ご主人の通勤の関係で、隣町の駅には急行が止まって便利ということでした。

たかだか隣町というか、たったの一駅離れただけで、疎遠になってしまいました。

そんなところへ彼女から、引っ越した家を見に来てよ、と電話をもらったので、次の土曜日に訪ねて行くことになったのです。


仕事を終わらせ、六歳になる娘さんのプレゼントも買って友人の家についたのは九時前だったと思います。

ちょっと、遅いじゃないの！

などと笑って彼女は家の中に招き入れてくれました。

一緒にご飯を食べようと思って待ってたのよ？　とリビングに入れてもらうと、二人分の食器が並んでいます。

あら？　ご主人と娘さんは？

ダンナは呑みに行ってあの子はもうとっくに寝たわよ。

えっ？　もう？

たいした事ではないと思いますが、引っ越す前に会っていた時は、なかなか寝たがらない娘さんだっただけに、もう寝ていると思わなかったのです。

こんなに早く寝るなんて、こっちに移ってから運動でも始めたの？

別に何も……。ただここに引っ越してからは早く寝るようになったわね。だからといって早起きするわけでもないんだけど。

ふぅん……でも私たちの小さい頃って、今の子達よりもずっと早く寝ていたから、本当はこっちの方が自然なのよね。

食事も終えて、お茶を飲みながら積もる話をお互いにしゃべっていると、気がつけば日付が変わろうかという時間になっていました。

じゃぁそろそろ帰るね。あっ、いけない！　これ娘さんにプレゼント！

ありがとう！　こんなことまでしてもらって……ねぇ、せっかくだからうちの子が起きた時にビックリさせたいから、ベッドの側に置いていかない？

……面白いけどいいの？　起こしたりしない？

大丈夫、あの子寝たら朝までグッスリだから。

それで、二人して子供部屋に向かったのです。

季節外れのサンタクロースって感じね？　と彼女はワクワクしています。

なるほど上手《うま》い事を言うものね、と思いながらそっとドアから覗《のぞ》き込むと、なんと暗い部屋の中に女がいるんです。

……えっ？

長い髪、パジャマ姿に似た服を着たその女は、椅子に座るかのように腰を下ろして、娘さんの顔をじっと覗き込んでいるのですが、そこには椅子なんかないんです。

……う、嘘⁉

私は思わず、ドアの隙間から彼女に目を移しました。

ちょっと！　知らない女がいる！

彼女は、何言ってるの？　と私と入れ替ってドアを覗き込みました。

まさかっ⁉

彼女の顔が真っ白になっています。

誰？　あの女⁉

いっしょに驚いている場合ではありません。

急いでドアを開けて部屋に入ると、灯《あか》りのスイッチを点けました。

ところが、暗い部屋の中であれほどはっきり見えたのに明るくなった途端、女は、その灯りに薄らいで……というより、部屋の中より暗くなったのです。

女は、見え方こそ暗くなりましたが、椅子に座った格好のままじっとしています。

もちろん、椅子などありません。

電気が点いて中に入った私たちに気づかないわけはないのに、無視するかのようにずっと娘さんを覗き込んでいます。

あ、あなた、誰？

さすが母親です。

しかし、女はピクリとも動きません。

情けないことに、私は何をどうしていいのかわからなくて、ただ女を見て固まっているだけでした。

そのおかげといってはなんですが、左手の薬指に指輪をしていることに気がついたんです。

……あの女、結婚してるんだ⁉

そう私が呟くと、初めて女がピクリと動きました。

じゃ、もしかしてこの人にも子供が？

と、反射的に彼女が返したのです。

このやり取りにどういう効果があったのか、女はスッと消えていなくなりました。

こうやって話していると、とても長い時間のように聞こえると思いますが、三十秒……？　あるか無いかのことでした。

幸い娘さんはずっと寝たままでしたから、私達は起こさないように電気を消して、そっと部屋を出たんです。

黙ってリビングに戻った後の彼女は、もう大変。

ちょっと何？　何？　あの女？　この家にずっといたってこと？　うちの子が早く寝るようになったのは、ここに越してきてからなのよ？　あの女が何かしてる訳？

うーん……。

彼女が早口で言う事も尤《もっと》もな気がするのですが、私は怖いものとか悪いものとは何となく違うと思えることが気になっていました。

もちろん、他人事だからということではありません。

指輪のせいでしょうか？　女の雰囲気の一つ一つに、何となく〝母親〟を感じていたのです。

ねえ……明日、娘さんに聞いてみたらどう？　怖いものだったら何か言うと思うの。

何呑気《のんき》なこと言ってるの？　私達はここに住んでるのよ？　あんなの怖いに決まってるじゃない！

そこへ、ご主人が帰ってきたのです。

話がややこしくなりそうなので、私は帰る事にしたのですが、彼女がどうしてもと頼むので、二人してもう一度、子供部屋を覗きに行ってみました。

もちろん、そこには当然のように誰もいませんでした。

翌日の夜、彼女からまた電話がありました。

娘さんに話を聞いたところ、こっちの家に引っ越してきてから、ご飯を食べた後にすぐに眠たくなるだけ、と答えたそうです。

その後も、彼女は毎晩娘さんが寝た後に、こっそりと部屋を覗きにいくようにしましたが、二度とあの女が姿を現す事はなかったそうです。

やがて娘さんはまた夜更しするようになって、今度はそれが困ると彼女が言いだしたので、私もあの女を忘れることにしました。

三軒の怪

私が大学生の頃、実家で体験した話です。

うちの家は、一戸建ての住宅地にあったので、周りには似たような家が沢山並んでいました。

その夜、私は小劇団をやっている友人から頼まれた舞台の脚本を書いていたんです。

ところが、軽い気持ちで請け負ったまではよかったのですが、いざ執筆を始めると、これが思うにまかせません。

そのため、机に座っている時間ばかりがどんどん長くなって、たいして進みもしないのに明け方近くまで起きていました。

八割ほど書き上がったあたりの時だったでしょうか……時計をふとみると朝の四時

近かったと思います。

もうこんな時間か……と、私はタバコを手に二階のベランダに出ました。

ふー。

手すりに両肘《ひじ》をついてボンヤリ煙を吐いたその時。左隣の家の二階の奥側にある窓が、ぼんやりと明るく光り出したのです。

カーテン越しなのでよくはわかりませんが、蛍光灯の強さではないし、間接照明にしては少し明るいような気もするし、いずれにしても、こんな時間についたのだからトイレにでも起きたのだろう……くらいにしか思いませんでした。

……いや、待てよ、お隣の奥はこんな照明だったっけ？

そこへ光が、スーッと前の部屋の方……つまりベランダに向かうように水平に動き始めたのです。

そのために奥の窓がゆっくりと暗くなっていきました。

動くのか？　あの光は……。

一瞬、不思議に思いました。

室内灯だったら動くはずがないし、懐中電灯にしては暗かったからです。

やがて奥の部屋の窓は暗くなり、手前のベランダ側の窓が少しずつ明るくなりました。

……光が部屋を動いたんだよな？

それで私はまた、首を捻《ひね》りました。

以前隣の家におじゃました時の記憶でいうと、私の家と同じ間取りで二つの部屋に分かれていましたから、移動した場所には壁があって、タンスが置いてあるはずなのです。

じゃあ、あの光はどうやって通り抜けたんだ？

もしお隣さんの懐中電灯だったとしても、下や周りを照らしながら歩きますから、光があちこちを照らしますよね？

動いているんだから人が灯りを持っているんだよな……？

この不思議な事をわかりやすく言えば、窓のすぐ側で光る何かが奥の部屋からベランダに向かって、滑るように動いて壁を通り抜けたのです。

そんなバカな事はないだろう……。

その時でした。

光がフッと消えたかと思うと、ベランダ側の部屋からウワ――――ッ！　というおじさんの大声が聞こえたのです。

なんだ今の？

何があったのかわかりませんがよその家のことですから、余計な関心や首をつっ込むのもどうかと思って、私はただ見ているだけでした。

　そこへベランダ側の部屋に電気がついたし、タバコが根元まで燃え尽きていたので、関わらない方がいいだろうと吸い殻を灰皿に入れて、ベランダから自分の部屋へと戻ったのです。


　ところが三日ほどして、母がこんな話を口にしました。

　お隣の奥さんから聞いたんだけど、二階に女の幽霊が出たんだって。今までそんなもの出たことないのに変な話でしょ？　だからそれって勘違いじゃないの？　って言ったら、五日前の夜中にいきなり現れてそれから毎晩出るんだって。だから明日、近所の神主さんにお祓《はら》いをしてもらうそうよ。そんなことある訳ないわよね。

　…………。

　しかし、私は母から聞いた隣のおばさんの打ち明け話は、本当かもしれないと思いました。

　あの明け方近くに現れた光の移動、消えた途端のおじさんの大声、女の幽霊が出たというのならば私にはつじつまが合う話だったのです。

　ねえ、母さんそれって、夜中じゃなくて明け方の四時近くじゃないか？

　えっ？

まるで与太《ヨタ》話的にしか興味のなかった母の顔色が急に変わりました。時間まではっきり聞いてないけれども、あんたどうして時間のことまで知ってんの？

それで三日前に見た窓の光の話をしましたが、母は隣のおばさんの話を頭から信じていなかっただけに、私の話も聞くだけ聞いて全く相手にしませんでした。

隣の家がお祓いをしたその夜……というか明け方近くのこと。

脚本が書き上がったので布団の枕元にライトスタンドを置いて、横になりながら読み返していました。

んっ？

足下が明るくなったような気がしたので、目をやると、何と部屋の中を体全体がぼんやり光った女が立ったまま滑っていくのです。

ふわぁ――――。……と声にもならない息を吐きました。

スタンドライトの明かりしかない部屋なのに、その女は頭のてっぺんから足の先まで光って見えるし、姿があまりにもぼんやりしていて、裸足という以外顔や服装もよくわからないのに、女だ！　とわかるんです。

おまけに、現れた後ろには机が置いてありましたから、もう本当に壁や机をすり抜けて現れたとしか思えなかったのです。

ない！　あるはずないっ……。

と、大混乱したせいか、声は出せず、体中から汗が噴き出すばかり。

そして女は、私の真横を滑るように動いてベランダの手前で消えてなくなりました。

………。

部屋はまた元の暗さに戻ったのですが、女が消えてから三十秒くらいしてからやっと、怖さが押し寄せてきたんです。

ウワ――――ッ！

結局口から出た言葉が、隣のおじさんと同じ叫び声。

どうした⁉

泥棒⁉

この大声に、両親が下から慌てて上がってきました。

私は明かりをつけると、両親に、たった今見たことを一気に話したのです。

そんなバカな事があるわけないだろう‼　と、父から頭ごなしに怒られました。

母も、それはお隣さんの話でしょ？　あんな幽霊話をしたから夢でもみたんじゃないの？　それに、昨日お祓いをして頂いたんだから、きっといなくなったでしょ？

と露骨に呆《あき》れた顔。

……ん？

私は母が口にした、お祓いをした、という言葉がひっかかりました。

お隣からいなくなった女はひょっとして……うちに来たのか……？

時計を見ると、四時近く。初めて隣の窓の光を見た時間。

一度耳にしていたからかもしれませんが、私が最初に出した声も、隣のおじさんと同じ、ウワ――――ッ！　という叫び声。

偶然じゃないかも……。


その日。

父に無理を言って会社を早退してもらい、家族揃って神社でお祓いを受けると、お札をもらって帰宅しました。

もちろん私が相手にしてくれない両親を、折れるまで説得し続けたからです。

だって、怖いという心の前には、否定とか科学とか証明とかはとりあえずどうでもいいことだと思ったんです。先ずは安心ですよ！　安心！

頂いたお札は女の現れた場所、つまり机の前の壁に貼りました。

きっとこれで大丈夫だ！

思った通りお祓いとお札のかいあって、その晩、女は現れませんでした。

正直、こんな怖い思いが一晩だけでよかったと、心の底から思ったのです。

もっとも本当にそう思ったのは、明け方六時近くでした。

実は心配でずっと眠れなかったのです。

もうこの時間まで大丈夫なら、安心だな……。

と、ウトウトした時でした。

右隣の家から、ウワ――ッ！　というおじさんの声が聞こえたのです。

この声は下で寝ていた母にも聞こえたらしく、朝になって心配した母が右のお隣さんへ話をしに行ったようでした。

右隣の家も、お祓いを受けて何とか無事片付いたようでしたが、とにかく私の学生時代、何故か三軒の家に、突然たて続けに女が現れたのです。

しかも、沢山同じような家が並んでいるのに、どうやらこの三軒だけらしいんです。

結局あの女は、どこから来て、どこに行ったんでしょうかね？

鞄の持ち手

私が彼と別れたのは春先のことです。

彼と出会ったのは、私のアルバイト先でした。大学に通いながら喫茶店のウエイトレスをしていたのですが、その常連のお客さんが彼だったのです。

彼はほとんど毎日、夕方の六時半あたりからふらりと店に現れて、カウンターの端に座るとコーヒーをオーダーする……。

私がアルバイトを始める以前から、ずっと通っていたそうです。ちょうどこの時間帯は、私が働いている時間と重なることが多かったので、やがて互いに顔と名前を覚えるようになりました。

とはいっても私は店の人間ですから、特定のお客様とばかり話をするわけにはいきません。

それで何となく話し足りないという気持ちが積もっていって、やがてお付き合いが始まったのです。

彼のマンションは、この喫茶店よりもむしろ私のマンションに近く、彼自身も大学卒業後、深夜のアルバイトをしながら就職活動をしているということでした。

この時私は大学三年生。就職先を本気で考えはじめなければならない時期に入っていたので、何かと相談相手になってくれる彼はとてもありがたい存在になりました。

付き合い始めた途端に私の性格があらわになりました。長く一緒にいる時間が欲しくて、どうしようもなくなったんです。

その希望を叶《かな》えるには私が彼のマンションを訪ねるしかありませんでした。

私のマンションは女性専用で、男の人は出入り出来ませんでしたから、押掛け女房のように彼のマンションにセッセと通うしかなかったんです。

そうしないと、ほとんどすれ違いで会えませんでしたから……。

いざ部屋に入ると、とんでもないことがわかりました。

彼はゴミが捨てられない性格だったのです。

当たり前と言えば当たり前の話ですが、見かけから勝手に想い描いていた部屋と、現実とはビックリするほど違っていました。

コンビニの袋に詰め込まれたゴミの山。所かまわず部屋のあちこちに参考書や本とマンガ雑誌に新聞が、まるで地層を作るかのように積み上げられていて、歩ける一本の道だけを残すのみ。

その道すら、雑誌やビニール袋で下が床なんだか畳なんだかわからない始末。

冷蔵庫も扉が物で塞がれていて、台所で使えるのは、コンロと電子レンジのみ。

シンクは投げ込まれたどんぶりやお皿の山で底が見えません。もう言葉も出ず。

おまけにですよ？　トイレのドアなんか雑誌がストッパーのようになっていて開きっ放し。その中までも雑誌だらけで、便座だけが浮いて見える状態……。バスルームときたら、シャワーが使えるだけで、バスタブの中にはお酒のビンや潰されたビールの缶だらけ。

ベッドの上が、クローゼットを兼ねている有り様。

最初はどこから手をつければいいのやらと呆《あき》れ果てました。

でも彼のためにというより、私が居やすい空間をここに作るんだから、と心に決めてただただ懸命にゴミを捨て続けるを繰り返し、次々と食器などを洗うを繰り返し、一日でも早く片付けが終わるように頑張りました。

これまでの喫茶店での会話や、デートで得た考え方で、大体必要な物とそうじゃない物の見当がついたのは、せめてもの救いでした。

当然捨てるゴミの運び出しは彼の仕事です。

その時に間違いないかどうか、全部確認してから捨ててもらったのですが、いったんゴミや物がなくなりはじめると、最初は反対していた彼も急速に積極性を発揮して、みるみるうちに部屋は片付いていきました。

一日の片付け時間は限られていましたから、いつ終わるとも知れなかったゴミ部屋も、気が付けば三週間ほどで、なんとか人を入れても恥ずかしくないほどにまでになったのです。

よし……これならいいわ。

そもそも綺麗好きで、勝ち気で頑固な性格の私は、始めたら最後、さっらりとやり終えるまで全力を出してしまいます。

この三週間、アルバイトを除くとほとんどの時間を彼のために費やしていました。いえ正確には、彼のためではなく、意地になった私自身が居心地のいい空間を作りたかっただけですね。

片付けるだけでなく、私の好みの様々な生活用品を買い込んだくらいですから。

この重労働が終わると、それまで横に置いていた、様々な用事が揺り返しのようにドッと私に押し寄せてきました。

今度は、しばらくほったらかしにしていた私側のお片付けの番。

不規則になった生活リズムと体調を整えたり、溜まったメールなどの整理に専念しようと思って、彼のマンション主体の生活から私の生活中心へと戻ったのです。

溜まっていた自分の用事を片付けて、彼の部屋を訪れたのは一週間ほど経ってからでした。

合鍵を使って玄関に入った瞬間、違和感に気付きました。

……これ、誰の匂い？

だって私は信じられない程汚かった部屋を片付けている間中、彼の匂《にお》いの真っ只中にいたわけです。

それは例えば、服の臭いはもちろん、カップラーメンやコンビニ弁当の臭い、ほったらかしのシンクの臭い……、それらが全部入り交じって彼の匂いでした。

そのゴミを失くしていくことは同時に、生活に必要のない臭いを消していくということでもありました。

毎回玄関に入る度に、一昨日よりも昨日、昨日よりも今日と、臭いが減っていく喜びを感じて、更にその喜びが明日はもっと減らしてやる！　というやる気へと繋《つな》がっていたのです。

それがあっての今、何か別な匂いが、ひとつ増えたと直感が教えてくれました。

この部屋は元に戻したというより、私が気に入ってとりつけたカーテン、小さなテーブル、いくつかのエアプラントなどで雰囲気を変えていました。ですから私の空気が部屋の中に増え始めているという実感もあったのです。

直感が働いたのはきっとそのおかげでした。

とはいえ、玄関から見える風景は、ほとんど一週間前と何も変わっていません。単なる思い過ごしよ。と言い聞かせながら、お茶を淹《い》れようとして台所に立つと、違和感がそこに形となってありました。

水切りかごの中に食器が綺麗に片付けてあったのです。

せっかく綺麗になったのだから、また汚さないようにと彼が気を遣って洗い物をしてくれたのかな、と一瞬思ったのですが、それならばもう少しお皿も、カップもいいかげんに入っていてよさそうなものですが、何となくちゃんと並べてあります。

たまたま……なの？……。

よく見ると、お皿が立てられてそれが倒れないようにカップを置くなんて工夫を、これまでろくすっぽ洗い物をやってなかった人には出来ないと思ったんです。

こうなると、誰か別の人が使った可能性のある台所で、お茶を淹れる気になんかなれません。

……………。

ひょっとして部屋が綺麗に片付いたので、他のお友達を呼んだのかな？……。その中に、とっても綺麗好きで世話好き……。使わせてもらったんだから、洗い物は任せておけ。……って人がいた？

……そうね、きっとそうよ。

しかし、心の奥底でそんな都合のいいドラマがあるの？　というもう一人の私がいます。

それで次に、トイレを調べてみることにしました。

チェックして確認しなければ！　という気持ちが一気に高まったからです。

ドアを開けて、すぐに目に飛び込んだのが、使った端が綺麗に三角に折ってあるトイレットペーパーでした。

女の人だ!!

それが、どんなに親しい人かはわかりませんが、女性が来たに違いはありません。

彼から聞いた限りでは、姉も妹もいませんから、ひょっとして彼のお母さんが部屋にきたと考えられなくもありません。

………。

後は、あそこを見ればわかるかしら？

私はトイレのドアを素早く閉めると、ベッドに行きました。

あっ、やっぱり！

私の髪の毛とは違う長くて茶色っぽい髪が、二、三本。

……こんなのあるはずないわよね？

私がいない間に、彼が友達を呼んだり泊めたくなる方が当たり前だと思っていましたから、前回の片付けの最後に、布団カバーやベッドのシーツを洗濯しておいたのです。

これではっきりした。女よね……。たった一週間の間に………。

私の血は、泡立つかのごとく沸点に達しました。

もう嫌!!

だってこの一週間、彼の部屋に行かなかっただけで、アルバイト先の喫茶店では毎日会っていたんですよ!!

その間、変な素振りは一つもありませんでした。

いつもの席に、いつものコーヒー、いつもの会話。

……そしていつもの笑顔。

……許せない。

彼の、悪びれていなかった分、申し訳なさそうな雰囲気がなかった分、私はバカにされていたとしか思えなくなったのです。

すぐさま合鍵をテーブルの上に置いて、ペン立てから太書きのマジックを一本取り出すと、そのテーブルに直接、大きく〝さよなら〟と書きました。

どうせこのテーブルだって、私が買ったものです。

彼が使いたければ消せばいいいし、嫌なら捨てればいい、もうどうだっていい!!

更に私はカーテンを外し、エアプラントを集め、食器もまとめて、それぞれをゴミ袋に分別すると、目に付く限りの〝私〟という存在を消して部屋を出たのです。

あとは自分で捨ててね……と。

もちろん合鍵は中においてきましたから、ドアの鍵はそのまま。でもそんなことはもうどうでもいいことでした。


その帰り道、私は彼の電話やメールを着信拒否にすると、これまでの全てを消し、更には前日まで働いていた喫茶店に寄ると店長に無理を言って、その日限りで辞めさせてもらったのです。

でも一度沸点まで達した気持ちは、おさまりがつきませんでした。

それはもう、寝ても覚めても、という言葉がピッタリとあてはまるくらいに……。

この気持ち……挫折感なのか、敗北感なのか、失敗なのか裏切られたのか、私の勝手な一人芝居なのか……。

もう何が何だかわからず、少しでも考えようとするとどれもこれもが頭をもたげてきては腹が立ってしまって、もう終わらせたというピリオドを打った気持ちになれません。

こんな出来事は生まれて初めてだったので、どうしても自分で自分の心をコントロールすることが出来なかったのです。

いったい自分は、どんなに酷《ひど》い顔をしているのだろうと思うと、鏡も見れませんし外出する気にもなりません。

抑えられない気持ちから心も体も燃えるように熱いのに、動けなくて部屋の中に閉じこもり続けました。

何もかもバランスが崩れていると、はっきりと自覚が出来ているのにです……。

もちろんそんな中、電話やメールは幾つも来ていたみたいでしたが、一切ほったらかし。もう少しはっきり言えば、一度も携帯を開かなかったのです。

誰かの電話に出たが最後、私は何をぶちまけてしまうのか、自分で自信が持てませんでしたから……。

メールに対しても、ほぼそれと同等の気持ちから読む気にはなれなかったのです。

何とか他の人に迷惑をかけずに、冷静さを取り戻したい……。

彼のマンションを飛び出した日から今日までは仕方がないにしても、何とか明日からは元の自分に戻りたい。

そんな時、放り出していたシステム手帳をふと手にとったのです。

今日の日付や曜日がわからなかった……、そんな理由で開いたのだと思います。

当然ながらマンションを飛び出したあの日から、空欄がずっと続いていました。

それまでは日記代わりに、様々な小さい用事やちょっとした気持ちがびっしりと書き込まれているのに……。

あっ、そうだ！

システム手帳の空欄を眺めているうちに、他の人に迷惑をかけず、心を落ち着かせる名案が閃《ひらめ》いたのです。

それは、この手帳の中で、彼を酷《ひど》い目に遭わせることでした。

まるで本当にあった出来事のように、彼を不幸にする物語を書くのです。

思いついた瞬間、ほんのちょっとですが、心が和らぎました。

まるで忘れていた、楽しい、という気持ちを思い出せたかのようだったんです。

恐らくその時、私は久しぶりに笑ったに違いありません。

早速、私がマンションから飛び出した日のマスの中で、彼には大けがに遭ってもらいました。

………。

ですが、いざ書いてみると、大けがに遭った。それだけでは何もわからなくて、私の心はいまひとつ喜びに沸きません。

それで、車に轢《ひ》かれて……と、少しばかり具体的に書いてみました。

するとまた少し、心が和らいだような気がしたのです。

その翌日のマスは、山手線の車内でチカンをして逮捕され社会的に抹殺！　それを苦に首吊り自殺！

更に次の日は、ビルの工事現場に通りかかると上から彼めがけて鉄骨が落下して即死！

その翌日は、夜中に歩いていると包丁を持った男に後ろから刺され、誰にも気付かれずにゆっくりと死んでいく。

………。

こんな風に手帳の中で、今日まで、何度も死んでもらいました。

不思議な気持ちで満たされました。

そのおかげなんでしょうね、荒れに荒れてコントロール出来ずにこんなに苦しんでいた心が嘘のように、落ち着きはじめたのです。

なんだ、こんな簡単なことで整理がつくんじゃない⁉

お陰で、今日まで書き上げた時には、さっぱりとした気持ちになれたのです。

そしてこの日の夕方、私は久しぶりに外に出て食事をしました。


翌朝。

目が覚めると、私は元の自分を取り戻したような気がしました。

頭の中から、彼がいなくなっていたのです。

もう怒りはないし、思い出して腹が立つことがあったとしてもシステム手帳の中で彼を殺せましたから……。

彼が死ねば、すなわちこの世から消えていなくなる。いない人を思い悩む原因もなくなる……。

それで私はいつでもリセットができて元に戻れる、そう結論づけたのです。

でも……。

これだと私がマンションから飛び出して、昨日までの空白を怒りで埋めただけにすぎません。

まだ終わりじゃないよね……。

だって元々の原因だった喫茶店での出会いから、三週間続けた部屋の掃除に、マンションを飛び出した日までの気持ちは取り戻していませんから。

どうすればいいのかな……、と思いながらまたシステム手帳を開いてみると、すでに以前のマスは書き込みでビッシリと埋め尽されています。

そうか……日記代わりに書いていたんだもんね……。

いくら書く気は満々でも、書き込む空白がなければ何もできません。

……あっ、そうか。埋まってしまっている過去のマスを書けないとよくよく考えるより、明日からの不幸を書けばいいじゃない。うん、起こっていない未来を書く方がずっといい！

心の底にあった、過去の清算を書き晴らしたいという気持ちがここで大きく変わりました。

だったら、マスの枠なんか無しで、たくさんしっかり書ける方がいいわよね。

それで私は、机から何も書いていない真《ま》っ新《さら》なノートを出すと、これに過去の日数分に相当する彼の不幸を、彼の非業の死を書くことにしたのです。

書きはじめると手帳のカレンダー部分と違ってノートは、罫線がひいてあるだけなので、まるで終わりがありません。

お陰で、思っていた以上に細かく現実的に書けました。

彼が朝起きたところから始まり、出かける支度の様子、どの道を歩きどの電車に乗り……。その不在の間にマンションのコンセントから漏電……。

この日は三、四ページに渡って火事にみまわれた彼の不幸を書いたのですが、いざ終わってみると、最終的に彼が困るであろう不幸な事態になっただけで、彼そのものが死ぬ話にはなっていなかったのです。

だからこれまでと違って、思った以上に気分が晴れません。

こんなに沢山書いたのに……。

それは間違いなく、このノートに書いた時間に対して得られるはずの満足感が足りなかったことを意味していたのです。

まぁいいわ。今日は、これでよしとしておきましょ。

私は明日こそもっと大きな不幸を書けば、それで事足りるんだから、と気持ちを切り替えて、食事に出かけました。

えっ？　どうして？……。

食事を終えて玄関に入った時、ちょっと驚きました。

一瞬、彼のマンションを飛び出した時と似た気分を味わったのです。

何、この臭い？

もちろん私の部屋ですから、彼の部屋の臭いではありません。

私の部屋の匂いには間違いないのです……いえ、正確には私が使っている化粧品がたくさん入り混じったようなムッとする臭いなんです。

でも、これがさっきまでいた私の部屋とは思えないほど……。

外に出てから帰って来るまで、およそ一時間半。部屋には鍵がかかっていたし、セキュリティーの高い女性専用マンションです。

でもこの臭いからすると、実際に誰かが勝手に入って化粧品のふたを開けっ放しにした……そう思えるほどの強さでした。

もちろんすぐに調べましたが、化粧品類におかしなところはなかったし、他人が部屋の中に入った形跡もありません。

おかしいわね……。

しかし原因にあたるものは何もないのですから、これはずっと閉じこもりきりだったので、自分の部屋の匂いに鈍感になったところへ、食事の匂いが鼻の感覚をリフレッシュしてくれたから。そう思うようにしたのです。

とはいえ、心の中のもう一人の私が、本当にそう？　納得できるまでもうちょっと調べてみれば？　とささやいています。

そうよね……安心の確認にやり過ぎはないもんね。

自分の声に従って部屋中をあちこちチェックしはじめると、ある一点に目が止まりました。

……あれ？　誰かバッグを触った？


私はバッグがとても大好きで、棚には三十個には届かないまでも二十個以上は持っています。

もちろん、ただ集めているわけではありません。どれもちゃんと使っています。

旅行用はもちろん、会う人や場所、天気や季節に友人関係、着た服とのコーディネートなど、誰でもやっているＴＰＯに合わせて使い分けているのです。

その中で一つだけ私の日常で使う目的がはっきりしているバッグがありました。

それは、大学に行く時のバッグです。

タブレット型のパソコンやノートなど、大学で必要なものを常に入れておくためのもので、彼の不幸を散々書いたシステム手帳を入れていたのも、これです。

どうしてこのバッグだけ、動かされているの？

バッグの片付け方に私なりの工夫があるので、誰かが出してまた元に戻したということが一目でわかります。

誰も部屋に入っていないんだから、勝手に動くわけないよね？

恐る恐る棚に近寄ってみると、奥側の持ち手の付け根に、白い帯のようなものが巻いてあります。

何これ？　この前手帳を出して、片付けた時にはこんなのなかったのに……。

バッグを棚から出してみると、そこには、真っ白い包帯が何重にも巻かれていて、綺麗に結んでありました。

嘘よ。嘘、嘘。こんなことあるわけない！

もちろん部屋に薬箱はありました。でも飲み薬の他に塗り薬やバンドエイドが入っているくらいで、包帯はないんです。

ですから知らない誰かが包帯を持ち込んで手を加えたのは明らかでした。

でも……どうやって、誰がこんなことをしたの？　私はさっきまで部屋にいたのに……。

いくら考えても意味も理由も、その方法もわかりません。

でも、このままでは気持ちが悪いですから、とにかくこの包帯を捨ててしまおうと、結び目をほどきはじめました。

すると単に包帯が巻いてあるだけだと思っていたその下から更にびっくりするようなものが出てきたんです。

バッグの持ち手にスパッと鋭い刃物で切断された一本の線と、その切った部分を元に戻そうと太い糸を通した沢山の縫い目が!!

それも、切断された側に通されているかと思うと、離れた所に通していたり、真っ直ぐだったり斜めだったりと、何回も何回も執拗に糸を通してつないでありました。

その上、この糸も私のものではありません。

私のソーイングセットに入っている糸に、こんな太い糸などないのです。

包帯は捨てる事が出来ます。

でもこの糸を取ってしまうと持ち手そのものが分れてしまい、バッグそのものが使えません。

いいえ、使うどころか捨てなければと思ったのですが、これまで三年間、大学に一緒に通い続けた思いと、お気に入りだった愛着心が重なって、すぐに決心がつかなかったんです。

いらないものはすぐに捨てる私なのに……。

とにかく包帯だけはすぐに捨てなければと、私はバッグを棚に戻して、包帯をコンビニの袋に入れました。

少しでも早くゴミ捨て場に捨てなければ考えることすら出来ませんから……。

部屋に戻る途中でふと嫌な思いがよぎりました。

まさか、また部屋の匂いが変わっていたり、バッグがおかしくなったりしていないわよね？

………。

幸い玄関を開けても出る時と同じでした。

よかった……。さっきと何も変わってない。

とはいえ相変わらず強い化粧品の匂いは残ったままだし、バッグの糸はそのまま。

幸い匂いだけは換気扇を回し続けることでなんとかなりましたが、バッグの持ち手だけはどうにも出来ません。

まさか……彼が？

という気がしなかったといえば嘘になりますが、女性専用のマンションにそう簡単に男の人が入れるとは思えないし、入ったところで鍵がなければ部屋には入れません。

じゃあ誰が？　どうやって？……。

同じ考えが、何度も何度もグルグルと頭を巡って元へと戻るのです。

今日はもう、シャワーでも浴びてさっさと寝よう！

彼のことと同じように、リセットをかけたかったのです。

そうでもしないと、また自分を見失ってしまいそうでしたから。

ですが……。

シャワーを浴びたくらいでは、どうしてもリセットが出来ません。

そんな簡単に頭が切り替わるはずがないのです。

何か別の事を考えなくちゃ……別の事、別の事……。そうだ！　ノート！

こんなことになったのも、元はといえば全部彼が悪いんです。

せっかくシステム手帳の小さなマスから、いくらでも書けるノートに切り替えたばかりなんだから……。

また彼の不幸を沢山書けば、きっと、今日のおかしなことを少しでも忘れられるとしか考えられませんでした。

明日の彼にはどんな不幸を書けばいいかな？　うんと凄《すご》いのがいいよね……。

ベッドに入って、彼の不幸を考えているうちに、名案が浮かびました。

旅行に行かせて……飛行機に乗せて……墜落……。それがいい。これならうんと酷い死に方が出来る……。

この妄想を延々と書くことで少なくとも臭いやバッグの、気持ちの悪さだけは考えずに済んだんです。

朝起きて、寝室から出ようとドアノブを握った瞬間、その手を離しました。

ドアノブが温かいのです。私の体温以上に……。

嫌だ……誰か握ってたの？

そうは思っても、寝室に閉じこもったままではいられません。

もう一度ドアノブを握ると、一気にドアを開けました。

えっ？……また!?

開けた向こうから、昨日と同じかそれ以上の強い化粧品の臭いが、私に向かってなだれ込んできたんです。

いいえ、それだけではなく、まるで用水路の泥のような臭いまで混じっているような気がしました。

急いでキッチンに行って換気扇を回したのですが、これじゃ昨日と同じじゃない

……そう思った時、バッグのことが頭をよぎったのです。

まさか、何も起きてないよね？

私は、バッグの棚の所に行って、一気に引っ張りだしました。

やだ!!　気持ち悪!!

昨日の縫い目の更に上に、白い包帯が巻いてあったんです。

それも全く同じ結び方で。

包帯をほどいた下からは、信じられないくらい綺麗に縫い合わせたような糸の帯が出て来ました。

まるで元々そんなアクセントだったかのように縦に縫い繕われていたんです。

驚いたことに本来の縫い目には、その穴を使って上手に糸が通されていました。

あまりにちゃんと糸を通していて、すぐにはわかりませんでしたが、ミシン目の端にわずかな切れ込みがありましたから、やはり昨日と同じく一度切断してから修繕するように縫われているのです。しかも……昨日よりずっと綺麗に丁寧に。

どうしよう……。どうなっちゃったの？　私の部屋？……。こんなおかしな事に私を巻き込まないでよ。

気持ち悪さや怖さを通り越して、腹が立ちそうになったその時、思わず自分で口にした言葉にハッとしました。

巻き込まないでよ。

という言葉が……。

しばらく考えているうちに、徐々に反省や後悔がはじまりました。

私は昨日まで散々彼を妄想の中で不幸にし、殺してきましたが、それは彼に対してだけ書き綴《つづ》っているつもりだったのに、どの妄想にも彼に被害を与える人や、彼の災難に巻き込まれる人など全く無関係の人たちまでも同時に不幸にしていたことに気がついたのです。

彼という被害者だけを作っていたつもりなのに、加害者という形で赤の他人を巻き込んでいたんだよね……。

私は、彼を的《まと》としていながら、世の中全部を恨んだり呪い続けてきたんです。

勝手な話ですが、彼などどうでもよかった、ということに変わりはないのです。

でも同時に私に何かが起こるというのは嫌でした。

こんなことを無くすためには、本当のリセットが必要なんだと思って、私はシステム手帳に書いた彼のページを全て切り取り、彼のことを書いたノートに挟むと、包帯が巻かれたバッグの中のものと詰め替えて、マンションのゴミ捨て場へと持って行ったのです。

……これで少しましな状態に戻りましたが、実のところまだ終わったわけではないんです。

でもずっと何もかも隠し通していたら、きっと心の奥底まで綺麗になりはしませんよね？

それで、触《さわ》りの部分だけでも聞いていただこうと思った次第です。

帽子の男

ずっと以前、私がまだ女子高校生だった頃の話です。
ある週末のこと、新聞を見ていたお母さんが、突然私に向かって、
あら？……ねえ、明日の日曜日、二人で映画を観に行かない？　アメリカ映画。
と言い出しました。
えっ？　本気の話？
思わずそう返すほど、私は驚きました。
それまで一度も、二人で映画を観に行ったことなどなかったからです。
いいえ、それより何より、母はテレビでも洋画はまず観ません。
テレビの連続ドラマや時代劇さえあれば十分という人なのです。
それが、アメリカ映画？
だいたい映画に〝アメリカ〟をつけるなんてずいぶん久しぶりに耳にしました。

ねぇお母さん……行くのはいいけど、どうしたの急に？

すると母はうつむいて、ちょっと恥ずかしそうな顔をするんです。

生まれて初めて観た映画が上映されるんだって……それを……。

へぇ、と私は母の意外な一面を見てちょっと感心しました。

お母さん、映画なんて観に行った事あるんだ？　今まで全然興味がないのかと思ってた。それで、何ていうタイトルの映画なの？

『カサブランカ』……。知ってる？

もちろん……知りません。高校生の私が初めて耳にするタイトルでした。

ハンフリー・ボガートが主演なの。

それ、男の人でしょ？　よく名前を覚えているのね。

私にとって、これまた意外でした。

母が趣味でも好みでもない洋画のタイトルや、男優の名前をスラッと口にすることなどあるとは思っていませんでしたから。

私があんまり驚いて言葉数が少なくなった事を読み取ったらしくて、あのねぇ、お父さんと一緒に初めて観に行った映画なの。と小さく呟いたのです。

お父さん？

なるほど、そういうことか。二人の思い出の映画だったんだ……。

父は私が小学校四年生の時に癌で亡くなっていました。

この父は大の映画好きで、私もテレビの前にいっしょに座らされて観た覚えがあります。

父には困ったクセがあって、その最中に俳優や監督の名前を言ったり、その人の代表作が何で、上手《うま》いの凄いのなどとウンチクをブツブツ言いながらお酒を呑《の》むのが好きな人でした。ですが、困ったクセはそれではなくて、映画を観ながらその先を言うことなんです。

いいか？　見てろよ。ここで銃を抜くとな……とか、ここで死んだと思うだろ？とか……。

比較的に静かで大人しいのは、初めて観る映画の時だけでした。

そんな面倒くさい父と初めて観た映画を、今度は私とか……。

いいわよ！　行きましょ！

母のお目あては映画ではないような気もしましたが、私は喜んで一緒に観に行く約束をしたのです。

次の日、町の外れにある小さな映画館に入りました。

こんなところに映画館があったんだ……。

中に入るとお客さんはチラホラ。

しかし、私にとってはこれまた意外でした。日曜日とはいっても、こんな古い映画を観に来る人なんてもっと少ないと思っていたんです。だって今ならＤＶＤで自宅を映画館に出来る時代ですから。

それに、私以外に若い人が誰もいないことが不思議な気持ちにしてくれました。なんというか……大人の仲間入りをしたような……。


映画が始まって五、六分ほど経った時でした。

スクリーンが薄明るく照らす場内の通路を一人の男の人が最前列まで歩いてきて、その真ん中にドカッと座ったのです。

変な人……。

私がそう思ったのは、その人が上映中だというのに帽子をかぶったままだったからでした。

それも、映画館のロビーで見たハンフリー・ボガートと同じシルエットの帽子。

何？　あの人……ちゃんとエチケットを守って欲しいわ。通路を歩いている時ならともかく、席に座っても帽子をとらないなんて。

幸い、この劇場の席はゆるやかなスロープになっていましたから、その帽子がスクリーンの邪魔になるほどではなかったので、映画そのものを観るには問題なかったのですが、その無神経さにちょっと腹がたちました。

そこへいきなり、母が私の手を取って、ギュッと握ったのです。

お母さん、何？

…………。

どういうわけか、返事をしてくれません。

母の顔を見ると、スクリーンの光で照らされた目がウルウルとしています。

始まったばかりの映画でいきなり泣く？　そうか、お父さんと来た時を思い出したのね……。

なんとなく私がしみじみとした時です。

ね、一番前に座った人、見える？

えっ？　うん。

母もこの無神経な人の愚痴をこぼすものかと思いました。

あれ、お父さんじゃないかしら？

はっ？　何言ってんの？

先にお話しした通り、父は癌で亡くなっています。

それに、通路を歩いているときも座っているときも、ずっと真っ黒い影ですから、父である以前にどんな男の人なのかもさっぱりわかりません。

お母さん大丈夫？　お父さんは死んだのよ。

うぅん、絶対あれお父さん！　初めて二人でこの『カサブランカ』を観た時に、お父さんすっかりハンフリー・ボガートにあてられて、ほら、あの帽子……アメリカのステットソンというブランドのテンプルっていうの。あれを欲しがって……。でも高かったから別のよく似たのを買って、その後わざわざその帽子をかぶって三度も観に行ったのよ。

だからって……。

正直言って、私は母に呆《あき》れました。

ですが、同時にちょっと可哀想な気もしたんです。

だって、映画が終わって場内が明るくなれば、それが別の人だとわかってしまうでしょ？

そうは思っても、お父さんも懐かしんで一緒に観に来たのならいいのにね、とその場をごまかすような事を言ってしまったんです。

ですが、私の話を聞いているのかいないのか母は映画よりも帽子の男が気になって、上の空のまま手をずっと握っていました。

と、その時です。

「いいだろ、ボギーは……」

えっ⁉　誰⁉

私は驚いて周りを見ましたが、近くには誰も座っていません。

もともとお客さんはとても少なかったのです。

じゃ、今の声はもしかして……。

そこへ、母と目が合いました。

お母さん、聞こえた？　この声って――。

母は涙をこぼして、小さく何度も頷きます。

その涙につい私ももらい泣きしましたが、心の中で、やめてよテレビの前じゃないんだからと父に返したのです。

それが届いたのか、父の声は二度と聞こえてきませんでした。

結局、私は帽子の男と父の声と、母からさらに強く握られた手のお陰で、ちっとも映画に集中出来ず、早く終わることしか考えられませんでした。

その映画が終わりかけた時です。

すっかり母に当てられたのか、明るくなったら父に会える……そういう気持ちになっていました。

そこへ一番前の帽子の男が、突然スクリーンにペコッと頭を下げるようにして見えなくなったんです。

あれ？

おかしなことに、そのまま起き上がりません。

やがて映画『カサブランカ』が終わり、場内が明るくなりました。

母は、サッと立ち上がると、通路に出て一番前の席へ。

私は、母とは反対の通路に出て、一番前へ向かったのです。

丁度、左右に分れて挟み撃ちにするような格好でした。

一番前の席からは誰も立ち上がらなかったので、父とおぼしき人と会える……はずでした。

ところが、座席には誰もいません。

私が母を見つめるのと同時に、母も私を見つめます。

……いないね。

いたわよ、いたのよ、お父さん。だって、あの帽子、声もしたし……。

………。

目の前には誰もいないのに母は小さく、喜んでいました。

その帰り道のことです。

そういえば、お父さんの帽子ってどうなったの？　家で見た覚えがないけど。

すると母は映画館の中で話していたみたいな小さな声で答えてくれました。

お父さんといっしょに焼いてもらったの……。今もまだあっちで被ってるみたいね、良かった……。

二人の旅

私が女子大生最後の年、卒業を間近に控えた頃の話です。

友人みんなもそれぞれ就職先が決まったので、最後の思い出作りにと卒業旅行の計画が立ち上がりました。

ところがいざ日程をそろえはじめると、これがなかなかの難工事。

それぞれがアルバイトをしていたので、スケジュールが合わないのです。

五日の旅が四日になり、四日の予定が三日になり……。

みんなで一緒にと、考えれば考えるほど上手《うま》く調整ができません。

決まらずにあれこれやっているうちに、次々とみんなのシフトが変わっていくので、結局最後にふたをあけてみると私と友達の二人。

それも一泊二日という寂しい旅行に決まったのです。

こんなことなら、最初から彼女と二人で行くと決めていればよかった、そうしたらもっと長い日程で、もっと遠くに行けたのに……と私はちょっと後悔しました。

でも彼女は、一番仲の良い私との二人旅というのがことのほか嬉《うれ》しかったらしく、みんなで打合せをしている時よりずっと楽しそうだったので、これはこれでいいか、と思えるようになったのです。

それに二人だけなら気を遣わなくてもいいし、自由な食べ歩きもできますもんね。

一泊二日なら、あまり移動に時間のかからない場所、のんびり出来る時間が長くて美味《おい》しいご飯や温泉をゆっくり楽しめる所、などと相談した結果、伊豆に行く事になりました。

その年は暖冬の影響で満開とはいきませんでしたが、東京よりも一足早く桜が綺麗に咲いているのも見れて、暖かい春風の中を歩いて美味しい物を食べて巡りました。

ホテルにチェックインするとすぐに温泉に入って、一日の疲れを洗い流して体も心もリフレッシュ。すっきりしたら豪華なお食事……、誰にでも手軽に行ける普通ののんびり旅行を楽しめたんです。

この一日が何事もなく終わって朝を迎えていれば、お話しするような事はありませんでした。

二人の旅が大学最後の思い出以上に忘れられないことになるのは、実はこの日が終わったと思って布団の中に入った後から始まったんです……。

お布団はふかふかで、昼間歩き回った疲れもあって、私はぐっすり眠っていました。

いつもならそのまま朝まで起きることはありません……、私は、一度寝たら朝まで目が覚めないタイプなんです。

それがこの夜、ハッと目が覚めました。

……あれ？　どうして起きちゃったんだろう？

ぼんやり考えていると、どこからか鼻水をすするような音が聞こえてくるんです。

ズ――、ズ――。グシュグシュ。みたいな感じの……。

その上、部屋中が寝る前にはなかった変な臭いに包まれていました。

まるで……そう、すぐ側《そば》に埃っぽい古着が置いてあるような、そんな臭いが……。

ねぇ起きてる？　何か臭わない？

横をみると、隣で寝ているはずの彼女がいません。

布団がめくれ上がって、それも乱暴に剝《は》ぎ取られたかのようになっているのです。

どこに行ったの？

寝ぼけていた頭が、はっきりと覚めました。布団の撥《は》ね除《の》け具合で、彼女の身に何事かが起こったに違いないと思ったからです。

そこへさっきまでかすかだった音が急に大きくなりました。

目をやるとなんと友達が押し入れの襖《ふすま》の前で正座して、そのうえ両手を合わせて泣いているのです。

その襖を見てギョッとしたまま、言葉が出なくなりました。

なんとその中に、ぼんやり光った年配の男の人が立っているんです。

白髪の混じったオールバックの髪型、服装ははっきりわかりませんでしたが薄いクリーム色の服に水色に近いグレーのベストを着ていたと思います。

更にその隣に、何かバレーボールほどの丸い光がユラユラと揺らめいているんです。

薄黄色い光に、水色の光の縁……。二重の輪のような感じでした。

何なのこれ？　映画……？

私には襖に立っている男と揺らいでいる光の玉が、襖をスクリーンに映写機が映し出した映像のように見えたのです。

まるでピンぼけした男の人……を見ているといえばいいでしょうか……。

あまりに驚いたせいか、状況が理解できなかったせいか、私は最初に彼女に声をかけた後、何をどう言っていいのかわからず、どう動いたらいいのかもわからなくて固まったままでした。

ですから情けないことに、私はただその光景を眺めているだけだったのです。

そこへ彼女が泣き声に混じって、はいっ、はいっ、と、先生にしかられているような返事を始めて手を合わせたまま、頭を深々と畳につけるではありませんか！

どうして？……。

と言葉が出た途端に襖の男や光が消えました。

部屋は再び、小さな安全灯の光だけ。

心配になった私は、すぐさま起き上がると、部屋の明かりをつけました。

大丈夫？　怖かったでしょ？　今の幽霊よねっ!?　私も見たわっ!!

彼女はまだ襖の前で正座したまま、おでこを畳につけています。

そして、まだ小さく泣いているようでした。

………。

彼女は……ずっと泣いてばかりで一言もしゃべりませんでした。

私はどうしてあげればいいのかわかりません。

心配は心配でしたけど無理に彼女を動かしたり、言葉をかけるのもよくないと思ったからです。

仕方なく、私は私で今見たものを自分なりに考えてみました。

うーん。部屋に幽霊が現れて、それに気付いた彼女は、私を助けるために神様や仏様にすがって幽霊を退散させようとした……。

でもその怖さのあまり、泣いたまま動けなくなった……。

うん、それに違いない！

私は頭を下げたまま動かない彼女の側に座ると小さな声で、大丈夫？　怖かったでしょ？　ありがとう！　と抱きかかえるようにしてお礼を言いました。

その言葉で我に返ったのか、彼女は顔をあげて私を見つめると、うぅん違うの！と言うのです。

しかし、その目は真っ赤に腫《は》れ、おでこも鼻の先も真っ赤、頰には涙をこぼした痕《あと》。両手も、風呂《ふろ》上がりのように薄赤くなっていました。

本当に大丈夫？　ねっ、違うって何が違うの？

今ね！　今ね！　死んだお父さんが来てたの。私のお父さんなの………。

お父さん？　どうして？

私は、彼女の言うお父さんが現れたことと、さっきまでの様子がどうしても一つに繋《つな》がりません。

お願い、私にもわかるように最初から話して？


彼女が寝ていた時のことです。

自分の名前を呼ぶ声が聞こえたのでふっと目を覚ますと、どういうわけか襖がぼんやりと光っている。

しかもそこからまた自分を呼ぶ声が聞こえてきた。

何？……この声どこかで聞いたことが……。

その光が人の形になると、亡くなったお父さんの姿に変わっていく。

慌てて布団から起き上がって、その声に呼ばれるまま自然と体が動いて襖の前に近寄ると、その光がすごく温かい。

お父さん？……。

元気だった頃のお父さんだ。自分の名前を呼んでくれている。

お父さん！

「今日はな、お祖父ちゃんの命日なんだ。お父さんばかりじゃなく、お祖父ちゃんにも手を合わせてくれないか？」

思わず正座し直して手を合わせると、お父さんの横にお祖父さんの顔が現れて、ニニコニコ笑いながらすっと頭を下げた。

「今日はな、お祖父ちゃんの命日なんだ。お父さんばかりじゃなく、お祖父ちゃんにも手を合わせてくれないか？」

不思議なことに、お父さんは録画された映像の様に、同じ言葉を何度も何度も繰り返してお祖父さんも頭をペコペコと下げてばかり。

それで彼女は、もしかしたらこれは自分の気持ちが二人に伝わっていないからだと思って、必死に手を合わせながら、はい、はい、と返事をし続けていた……。


私は、今の今まで幽……いえ彼女のお父さんを、勝手に怖いものだと決めつけていたことを申し訳なく思いました。

とはいえ、彼女をどうしてあげればいいのかわかりません。

ねぇ、私はどうしたらいい？　何かできることある？

そこでいきなり、彼女はスッキリとした笑顔に変わったんです。

ごめんなさい。嬉しかったの！　お父さんやお祖父さんに会えて。それに、あなたにもそれが見えたことがすごく嬉しかったの！

……えっ？

私はちょっと、心に引け目を感じました。

彼女にどう見えていたのかはわかりませんが、私にはただのピンぼけのおじさんと光の玉にしか見えなかったからです。

とはいっても、確かに見ました。

彼女は急に私の手をとると、一緒に旅行が出来て良かった、二人だけで良かった、もしみんなと一緒だったら、きっとお父さんやお祖父さんとは会えなかった、みんなあなたのお陰！

そう言って手を離すと今度は抱きついて、わんわんと泣き出したのです。

これは、さっきまでの伝わらなくて流した涙ではなくて、私と二人でお父さんとお祖父さんに会えた嬉しさから流している涙なんだろうと思いました。

少なくとも、今度の考えは当たっていて欲しいと願ったのです。

ほとんど眠れませんでしたが、ホテルの朝食を食べてチェックアウトした時、昨日以上に元気になっている彼女を見ました。

帰りの道

私が小学校二年生の時、秋の夕方に体験した話です。

この頃からすでに私はしょっちゅう、わがままばかり言って母とけんかをしていました。

三つの時に、事故で父を亡くしていたので、お父さんが欲しくて欲しくて仕方がない毎日だったことがその理由です。

もちろん当時の私でも、自分の父が亡くなっていることは、わかっていました。家には小さな仏壇に位牌《いはい》や遺影がありましたし、毎朝、母が仕事に出かける前に一緒に手を合わせていましたから。

それでも、自分にはどうしてお父さんがいないの？　という気持ちまでは、抑えることができなかったのです。

買い物で母と一緒に歩いていても、外に遊びに出ても、よその子がお父さんと歩いている姿を見かけました……。

その楽しそうな様子を見れば見るほど納得出来なかったのです。

遺影のお父さんは、いつもいつも笑っていました。

こんなに寂しいのに、お父さんは毎日楽しそうなんです。

私にはお父さんの顔も声も抱っこしてもらった覚えもほとんど無いのに……。

ですからよその子の楽しそうな笑顔は、きっと私から横取りしたんだと思ったことも何度かありました。

でも知らない子を妬んだり、恨み続けることなどできません。

しかし、それらがずっと澱のように積み重なったからですね……。

だから私の中で、いつも母が悪者でした。

お母さんのせいで、お父さんがいなくなったんだ……、と。

納得できない心は、いつも八つ当たりの文句となりました。

母も言う事を素直に聞かない私の気持ちは……よくわかっていたと思います。

ですがどうにもならない上に、母自身も寂しかったからでしょう。……互いの寂しさは、口を開く度にののしり合うことでしか埋められなかったのです。

その日の夕方も些細《ささい》なことで母と大げんかをして、私は家を飛び出しました。

狭いアパートでのけんかですから、お母さんの顔なんか見たくない！　口も利きたくない！　と言い放ったら最後、外に飛び出すしかないのです。

もちろんいつものことです……。

泣きながら靴を履いて出て行く私を、母は止めたりしませんでした。


外に飛び出したものの、行き先なんかありません。

公園に行こうか、それとも友達の家に行こうか……、とにかく家から離れたい、それくらいのつもりで、ただ道を歩いていました。

その時、スッと柔らかく私の手が握られたのです。

えっ!?

立ち止まって横を見ると、知らない男の子。

誰？

すると、その子はニッコリと笑いかけてくれました。

「一緒に行こ」

そう言って、私の手をさらにギュッと強く握ってくれたのです。

今日はいつもと違って一人じゃないと思った私は、すごく嬉《うれ》しくなりました。

うん！　一緒に行く！

私もその手を握り返してまた歩き出したのです。

きっとこの子も、お母さんかお父さんとけんかをして家に帰りたくないんだ……。

そう思えましたから、とても嬉しく感じたのです。

……いえ。

それよりとても小さな事ですが、手を握って歩けるという……ただそれだけが嬉しかったんだと思います。

これまで、よその子がお父さんやお母さんといっしょの姿をぼんやりと見ていましたが、それは楽しそうだからではなく、たぶん仲良く手をつないでいることが羨《うらや》ましかったんです。

それが今、知らない男の子とはいえ、しっかりと手をつなぐ事が出来て、私はとてもウキウキした気分になりました。

どのくらい歩いたのか陽《ひ》もだいぶ沈みかけた頃、おかしなことになっていました。

ずっと並んで手をつないでいたはずなのに、いつそうなったのか、つないでいる私の右手が上にあがっているのです。

どうして？……。

横を見ると、歩きはじめてから一度も手を離していないのに、知らない間に男の子はまるで大人になっているんです。

その人は学生服に似た黒の上下に、首にはオレンジ色のマフラーをしていました。

誰この人？　あの子が大きくなったの？……。

一緒に握っていた手も大きくなっていて、包んでもらっている感じになっています。

不思議なことに、最初に手をつないでくれた男の子がどんな子だったのか、ちっとも思い出せません。

最初にお話しした通り、季節は秋。それも夏が終わってしばらくたった頃です。たくさん行き交う人の中で、たった一人だけのマフラー姿……。おかしなことだらけでした。

ところがどうしたことか、お兄ちゃんは誰？　とも、暑くはないの？　とも訊く気にならないし、気味悪くも逃げ出したくもないんです。

ただ、ずっとこのままでいたい……。そんな気持ちになっていました。

陽も沈んで辺りも暗くなってきた時には、もう全然しらない町の中を歩いていました。

その暗さのせいで、とってもハッキリと目立ちはじめたマフラー……。

ところが……。

怖くも寂しくもないのに、私は突然泣き出して歩けなくなってしまったんです。

立ち止まって泣かれてはさすがに困ったんでしょうね……。

ずっと黙っていた男の子。というより、今はもう大人の人が、

「どうしたの？」

と、二度目の口を利いてくれたのです。

お家に帰りたい……。

「一緒に行くんじゃなかったの？」

やだ、お家に帰る！

私……正直、自分で何を言ってるんだろうと思いました。

だって、気持ちは帰りたくないし、このまま手をつないで歩いていたいんです。

なのに、私は更に大きく泣きました。

自分の気持ちと体が重なっていないかのように……。

男の人はその時、どんな顔をしていたんでしょうね……。とにかく道を外れて小さな児童公園に入ると、そこのベンチに座らされました。

そして、私の頭にもう片側の手を優しくのせてくれたのです。

「ここで待っていてね、必ずむかえに来るから」

うん。

ずっとつないでいた手が、この時はじめて離れました。

そうして、男の人は公園を出て行ったのです。

遠ざかっていく後ろ姿と同時に、掌に残った汗が風に触れて、すっと乾いていきます。

やだ……。

私は思わず手を握りしめました。

どれほどの時間待ったのか……。子供の私にとってはかなり長い時間でした。

とにかく暗い中をずっと一人で、来るかどうかもわからないお迎えを待っていました。

何も考えずに、マフラーの男の人が出て行った公園の入り口をただただ眺めていたのです。

目の前に飛び込むように入ってきたのは、髪を振り乱して、目を真っ赤に泣きはらした母の顔でした。

どうしてこんな所にいるの？　心配したじゃない？

ゼイゼイと息をきらしている中で、やっと母から出た言葉でした。

…………。

さっ、帰りましょ……。

母が来てくれて嬉しかったのは嬉しかったですが、家への帰りの道、きっとまた延々と怒られるんだ……。そう思うと複雑な気持ちになりました。

ところが、母は、何も言わず、本当に一言もしゃべらず、私の手を強く握ってくれて、ただ歩くだけなんです。

今までけんかばかりしてきて気がつかなかった……、私はこれまで何度もお母さんと手をつないで歩いたんだっけ……。

普段はただ、手を握って引っ張り回されているとか、勝手に動き回らないように止められているとしか思っていませんでした。

でもその時、掌から伝わってくる母のぬくもりで、今までずっと……こんな風に何度も手をつないでくれていたとわかったのです。

心が嬉しくなりました。

家に帰りついても、母はその手を離しませんでした。

そのまま一緒に靴を脱ぐと、部屋の奥に入って仏壇の前に二人で座ったのです。

何？　何？　どういうこと……？

やっと母が手を離したかと思うと、その両手を合わせて仏壇のお父さんに向かって深々と頭を下げて動きません。

どうしたの？　お母さん？


……あのね。

暗くなっても帰って来ないから心配してあちこち探したの。でもどうしても見つからないでしょ……。

困ったあげくに部屋に戻って仏壇のお父さんに手を合わせると、その中から、児童公園の名前が聞こえた気がしたのよ。

今のは？……と思っていたら、

「家に帰りたがっているから」

って……とっても寂しそうな声だった……。


………。

私は何も言えませんでしたが、さっきまでずっといてくれたのはお父さんだったんだ……お父さんが側にいてくれたんだ……と思いました。

でもこの出来事で私の何かが大きく変わったんです。
よその子を羨ましがったりしなくなりましたから……。

そう……今、この話をしていて思いました。
最初に手を握ってもらったあの時から、そのままずっといっしょだったら、私はきっと大人になるまで歩いていたんじゃないかな……って。

ベランダの向こう

私は小さい頃から内気で気が弱く、人見知りだったので、外に出てもすぐ親の後ろに隠れてしまう子……でした。

父はどうしても男の子が欲しかったらしく、酔っぱらうといつも小さな私に向かって、男の子だったら良かったのに。男の子が欲しかったのに。とよく愚痴をぶつけられたものです。

そのせいもあって私にとっての味方は母ただ一人。

ですから小さい頃から私も大きくなったら、母のようなお母さんになりたい……。

そんな小さな夢を持つようになっていました。

私がそのきっかけということではないでしょうが、やがて父と母は離婚。

私は母の手で育てられます。

もちろんそれは私の望みでもありましたし、父の望みでもあったようでした。

母からしか愛してもらえない……、やがて、その気持ちは私の性格と相まって大きくのしかかり、暗くて目立たない子、そう思われる小学生になりました。

学校に行くということは、母から離れて一人になるということ……。

会話も集団活動も苦手、運動音痴、成績も真ん中より下。本当に取り柄のない人間だと早々に自覚していました。

そんな私だったからでしょうね。小学校、中学校、高校に至るまでずっといじめられる毎日でした。

いじめっ子にとっては格好の標的だったと思います。

それでも、少しくらいの意地はありますから人前で涙など流しません。口答えもしなければ告げ口もしない。親しい友達もいないから、いじめが噂となって広まる心配もありません。おまけに親に知れたところで母子家庭。これでいじめっ子達の的《まと》にならないわけがありませんよね……。

こんな言い方をしてはなんですが、実際、私の前では誰もがいじめっ子になったのです。

いじめっ子達は、私以外にも何人かを標的にしていたみたいですが、そのいじめられた子達にとっても私ははけ口にされました。

高校生になると、更にそのいじめはエスカレート。

その辛《つら》さから何度も手首を切る、いわゆるリストカットを繰り返していました。

情けないものですね……。

いじめられていじめられて、どうにもならない辛い気持ちを誰にも話さない私にとって、はけ口としていじめる物は、自分の体しかなかったんです。

自分でも感じている存在性の無さというのが、既に死んでいることと同じだと考えていました。

実際、私が死んだところで誰も悲しむどころか、話題にものぼらないだろうと思っていましたから……。

ですが、何度も死ぬための真似事を繰り返しても、心から死にたいと望んでいたわけではありません。

矛盾するような話かもしれませんが、死にたいというより生きている世界にいたくないと思っていただけなんです。

いつもギリギリのところで踏みとどまれたのは、母の存在でした。

悲しませてしまうからということだけではなく、母のようなお母さんになりたいという小さな夢だけはずっと持ち続けていましたから……。

結婚して私の家族を母に見てもらえたらいいな。その想いだけで砂を嚙むような毎日でもなんとか過ごせていたんです。

高校卒業と同時に、就職で東京に出ました。

自分の頭で大学進学は無理だとそうそうに諦《あきら》めていましたし、ずっと続いたいじめのお陰で、学校と名の付くものに、正直嫌悪感を抱いていたからです。

それにも増して早くから進学を諦めていたのは、学費の問題がありました。

母にこれ以上の負担はかけたくありません。

ですから、高校に入学した時から卒業と同時にすぐ東京で働くつもりでいました。

といっても、ずっと生まれ育った地元にいい思い出など一つもありません。

そんな地元で就職しようものなら大変です。さほど大きくもない町ですから、私をいじめた同級生と今度はお客様として顔を合わさなければなりません……。

卒業してまでそんな生き地獄を味わうような生活は無理……。

……正直に言うと、死ぬことと私が知らない土地、私のことを知っている人がいない土地に行くということは、同じ意味に感じていました。

それに人の多い都会なら、人はみなちっぽけな私などを相手にしなくてもいいはずです。

…………。ですから東京で働くということは、私の唯一の逃げ道であると同時に、もう一度何もかもリセットが出来る所でもあると思っていました。

入社してＯＬ生活を始めたことは、私にとって大きな喜びでした。

私も人の事に興味はありませんが、会社の人にとっても私がどんな存在であるかは関係ありません。ただ事務員としての仕事をするだけで、これまで苦しんできたいろんな辛い対象から外されたからです。

元々ずっと他人に馴染めずにいましたから、仕事さえやっていればほとんど一人でいるのと変わらない会社の空気というのは、私の性格にも合っているような気がしました。

もちろん、全く関わらずに済むはずがありません。仕事上の人間関係は当然ありはしましたが、それほど積極的に関わらなければならないということはありませんし、必要なことさえ会話できれば仕事に戻れましたから……。

自分に対する哀れみのような目、あっちに行けと言わんばかりの嫌われるような目、あるいは、どんな事が起こってもこちらに向けてくれない視線、それがないだけで幸せを感じていられたのです。

……………。

でも、そう感じていられたのは、入社後の三ヵ月くらいまででした。

初めてなんだから、出来なくてもしょうがない。わからないことの方が多いんだからしょうがない。そんな多少甘えられるような期間の三ヵ月を過ぎたあたりから仕事のペースや内容……空気が変わったんです。

まだそんな事も出来ないのか？　いつになったら覚えられるんだ？　といった学校とは違った冷たい環境に……。

人との意思の疎通が下手な上に、要領の悪さや不器用さ……、全部自分の問題でしたから当然のことなんですけどね……。

やがて仕事以外の人の目も徐々に変わっていきました。

一緒に入社した同期の女の子達は、すぐに会社の男性達と気軽に会話し、お酒を飲みに行くようになったのに、私はいつの間にかただただ眺めているだけの存在でしかなかったのです。

それらが重なったことも大きかったと思います。

徐々に食事が……、東京での食べ物が喉を通らなくなったんです。

どこに行っても人、人、人。

会社の周りはどこで食べてもほとんど油やくどいほど調味料を使った料理ばかり。

同じ人達が食べる、同じ食べ物……。

実家でずっと食べていた、貧しいかもしれないけど自然な料理に慣れ親しんだ舌にとって、その味やそのにおいというものが辛くなっていたのです。

そしてまた、周囲から聞こえてくるそんな食べ物が美味《おい》しいという明るく弾んだ信じられない会話……。何もかもが私を食から遠ざけました。

もちろん朝は自分のアパートで、昼は自分で作ったお弁当。夜もなるべく家に帰って食べるようにしていましたが、お付き合いの食事も大切です。しかしたったそれだけの食事で私の体は参ってしまったのです。

体重は、半年もしないうちに一気に十二キロも落ち、痩《や》せたというよりやつれて、ガリガリになってしまいました。

それに追い打ちをかけるように、生理も不順気味になり、とうとうお医者様に通わなければならない始末……。

なかでも辛かったのが、眠れなくなったことでした。

もちろん処方して頂いた睡眠薬を飲んでいましたが、何となく気が高ぶって寝付きにくいのです。

私……何やっているんだろう……。

もう、どうしていいのかわからなくなっていました。

幸せとは言えないまでも、せめて夢だけでもあれば、と思う毎日……。

確かに子供の頃は、母のような人になるのが夢といえば夢でした。

でも大人になればなるほど、遠くに霞《かす》んでもう見えなくなっていたんです。

夏の週末の夕方、もの凄《すご》い量の夕立が突然降ってきた日のことです。

届け物で会社の外に出なければならない時に、上司に声をかけられました。

外に出るなら、ついでにこれを頼む。と渡されたのが、一通の封筒でした。

承知しました。

降りしきる雨の中、急いで用事を済ませると、その先にあるポストに行って、投函しようとしたその時です。

ザ――――ッというもの凄い風と共に、大粒の雨に切り替わりました。

私はポストの口に封筒を入れる寸前でしたから、うっかり指先の力を緩めていたんです。

そのため封筒が風に舞って側道を川のように流れる水の中に落ちてしまいました。

あっ、いけない！　流される！

そう思って自分の体が濡《ぬ》れることなど構わず封筒を追いかけたのですが、捕まえようとすれば流れ、捕まえようとすれば流れを二度繰り返して、ようやく手にした時には、貼ってあった切手が剝《は》がれかかっていました。

私は急いで会社に帰ると、中身の書類を出して、新しい封筒に入れ替え、住所を書き直していると、そこへたまたま通りかかった上司が、その作業を目にしたのです。

それはさっき頼んだ封筒か？

はい、そうです。すみません、水の中に落としてしまいました。あ、でも中身は濡れていません。これから、すぐに投函しに行ってきます。

……しかし、上司はそれを許してくれませんでした。

何だね君！　投函すら満足に出来ないのか？　もういいよ、別の子に頼むから。

そう言って取り上げられてしまったのです。


休みの日の朝。

睡眠薬がまだぼんやりと効いている中で目が覚めました。

まぶたは腫《は》れぼったいかのように重く、もっと眠らせてくれと言っているようでしたが、心が不安でざわついて落ち着きません。

……あぁ、この一日が終わって目が覚めたら、また月曜日……。会社に行きたくない。誰にも会いたくない。

私は何もかも嫌になっていたのです。

体が寝たいと言っているのならば、眠らせてあげたいのに、心は次に目が覚めれば出社が待ってるぞと騒ぎ立てる……。

私の心が、そんな体ならいっそ壊してしまえ……とまた体をいじめたがってると感じていました。

いろんな人からいじめられるのはしょうがないけど、就職しても自分で自分をいじめるようになったらおしまいよね。

逃げる場所もないのかな……。そう思った時です。

今度こそ死んだ方がいい……。

この時ばかりは、実家に残してきた母の顔が思い浮かびませんでした。

母が気にならなかったということは私を押し留めるものは何も無いことを意味します。

これまで生きてきて、自分で決断して行動したことなんか東京への就職くらいのものでした。

その就職から逃げだしたいと思ったわけですから、この死の決断に体は驚くほど忠実に動いてくれました。

すぐさまコップに水を入れ、睡眠薬の全てを小皿に出し切って、準備を終えるまでに二分とかからなかったのです。

十九年生きてきたのに、終わるのはこんなに早くて簡単なんだ……。

でもどうしよう……？　同じ死ぬにしても、最後くらい少しでも楽しい気分で死にたい。

いい案が思い浮かばなくて、ベランダのカーテンを開けた時でした。

あっ、ここがいい！

アパートの二階のベランダから、隣の敷地に植えてある一本の大きなサルスベリの木が目に入りました。

このサルスベリほど大きくはありませんでしたが、実家の側にも同じ木があって、綺麗なピンクの花を沢山つけていたことを思い出したのです。

このアパートを選んだのも、内覧の時にベランダから見えたこのサルスベリの木が気に入ったからでした。

うん、この木を見ながら死のう。

私は台所から椅子を持ってきて、ベランダの前に置くと、すぐに座って躊躇なく水と共に大量の睡眠薬を飲んだのです。

お母さん……お休みなさい……。


……やだ。

意外なことに、これだけ大量の睡眠薬を飲めばいつもの何十倍もの眠気が来ると思っていたのですが、胃が受け付けたくないとばかりに気持ちが悪くなって、眠気とはほど遠い気分になってきました。

まぁいいや……あともう少しの我慢なんだし、それに……。

ベランダから見える全部がこの世で最後の風景なんだと思うと、ギリギリまで眺めていたいという気になりました。

お腹は気持ちが悪いけれど、心はスッキリとサバサバした気分でしたから。

私はフ――――ッと、大きく息を吐くと、より深く吸い込んで軽く目を閉じました。

その瞬間です。

パッとまぶたの向こうでフラッシュが焚かれたかと思うと、そこから通り抜けた強い光で、目に赤いものを見た感じがしました。

はっと目を開けると真正面のベランダの向こうが、よその家のリビングになっているんです。

嘘⁉ どこの家？ ここ二階よ⁉ 夢なの？

しかし、左右を見ても上下を見ても、ベランダのガラスの手前は私の部屋の中。

自分が座っている椅子の肘掛《ひじか》けに当たる腕の感触だってあるし、それを握っている手にもハッキリとした感覚があります。

それなのに、ガラスの向こうには知らない家のリビングが広がっているんです。

上手《うま》く説明できないのですが、よその家の庭に勝手に入って、リビングの見えるベランダの真ん前に椅子を置いて、眺めていると言えばいいのでしょうか。

どうして私、こんなのが見えるの？

立ち上がろうと思ったのに、体が動きません。

さっきまで、これから死のうと穏やかな気持ちになりつつあったのに、この突然目の前に現れた風景に私は大いに慌てました。

そこへ、リビングに知らない男の人が入ってきたんです。

この家のご主人？……。

落ち着いた雰囲気の年配の人で、手編みの茶色のベストを着ていました。

眼鏡をかけていて、ニコニコ笑っている姿がとても優しそうに見えます。

そうかぁ……お父さんて、きっとこういう感じの人ね……。

今の今まで父親を欲しいと思ったり、憧《あこが》れたりしたことなどなかったのですが、その男の人を見ているうちに、お父さんっていいなぁ……としみじみと思いました。

その男の人を追いかけるように、ヨチヨチと早足で男の子がやってきたんです。

きゃっ、かわいい……。

男の人はそれに気づいて振り返ると、よいしょとばかりにその子を持ち上げます。

この子のお父さんね。……いいなぁ。私もこの子くらいの頃は、こんなことをしてもらったのかしら？

記憶にある父には、いい思い出など一つもありません。

このような風景は道や公園で何度も見ましたが、父らしい父を持った覚えがないので、今まで何も感じたことがなかったのです。

それなのに、今しみじみと羨《うらや》ましく思っている自分がいます。

更にそこへ、子供を追いかけて来た女性が入ってきました。

あっ、お母さんね……あれ？

不思議なことに、いえ、ここまででも十分不思議なのですが、そのお母さんの顔がぼんやりしてよく見えないんです。

どうして？　お父さんと子供はこんなにはっきり見えるのに……。

首をひねっていると、お母さんがお父さんから子供を受け取って、ほっぺとほっぺをくっつけながら、私を向いてニコニコと笑うんです。

……お母さん……。

体温が一気に上がるような暖かい気持ちになって、目から涙がこぼれました。

私も、あんな風になりたかった……。こんな立派な家でなくていいから、家族というものを作りたかった……。

ここまでベランダの風景に驚いたり、現れた人にしか目がいかなかった私は、その家族から目を移し……いえ、逸らしてしまいました。

正直言って、手に入れられない羨ましい夢や、自分には不相応な家族というものを見ているのが辛くなったんです。……眩しくて……。

こんな夢、さっさと終わればいいのに。

そんな後ろ向きな気持ちになった時です。

お父さんの後ろの壁際にある棚に目が釘《くぎ》付けになりました。

えっ⁉　これって⁉

なんとそこには、小さな私を抱っこして笑っている母の写真が飾ってあるんです。

横を向くと、私のすぐ側にある小さな机に同じ写真が飾ってあります。

写真どころか、写真立てまで同じ‼

この写真は私の一番のお気に入りで、東京に出て来る時、最初に鞄《かばん》に詰めたものでした。

多分……父が撮ってくれた写真……。よく覚えてないけれども、おそらく母や私が一番幸せだった頃の写真……。

どうしてこの写真が、写真立てごと知らない家にあるの？

子供はもちろん、このお父さんも知らない人ですから、顔の見えないこのお母さんって、私？　私の未来なの？　私は死んじゃうのに？　ひょっとしたらもう死んだから、神様が見せてくれている天国というもの？

その時、何を思ったのか、子供を抱いたお母さんが、ベランダに向かって……というか、私に向かって歩いてきたんです。

……そんな!?　まさか!?

そのお母さんの左手首に、リストカットの痕を見つけたんです。

私と同じ?……。

私の手首には、カミソリで横線ばかり引いてあるだけでなく、その上に大きく斜めに切った痕があるんです。

同じ傷!?

形も大きさも私と全く同じとしか思えません。

私なの？　という気持ちから、私だ！　という確信に変わりました。

そうよ、これきっと未来の私だ!!

その驚きで動揺している私に向かって、知らないというか全く見えていない様子の子供がニコニコと笑いかけてくれます。

すぐ目の前にいるお母さんの顔は、ぼんやりとして見えないのに、子供と一緒にニコニコと笑っている表情が、ちゃんとわかりました。

この人の、この私みたいなお母さんの顔が見たい……。

すると抱っこしているお母さんが子供の手を取ると、一緒になって、私に向かって、おいでおいで、と手招きを始めたんです。

私に？　……おいでおいで？…………行かなきゃ。

あの家に行かなきゃ、私もあんな風になりたい。うぅん、がんばって、きっとあそこに行く！

その時です。

お母さんの首に、銀色に輝く丸い大きな輪っかが、ネックレスとしてぶら下げられていることに気がつくと、太陽の光が当たったのか、キラキラと反射したんです。

あっ！……。

その小さな光を私が眩しいと思った瞬間、大きなサルスベリの木が目に飛び込んできたのです。

風景は元のベランダに戻っていました。

……。

そうだ！　あそこへ行かなくちゃ、頑張って、頑張って、あんな家族を作るまで、生きなくちゃ！

我に返った私は、瞼が重くなっていましたがまだ胃が気持ちが悪いことに気がついたんです。

いけない！　まだ間に合うよね⁉

そう思った時、あんなに動かなかった体が自然に動いて台所へ走っていくと、口の中に指を突っ込んで胃の中のものを全部吐き出しました。

その流しには、ありがたいことに、まだ溶けきっていない小さくなった睡眠薬がパラパラと広がって散ったのです。

……よっ……よかった……。


目が覚めると、台所の床に倒れ込むように寝ていました。

私、どうしていたのかしら？　そうだ、死のうと思って薬を飲んで、幸せな夢をみたんだ……。

振り返って奥を見ると、暗い部屋の中に椅子が見えます。

もちろんベランダの前に。

起き上がって流しの上にある電気をつけると、シンクの中に溶けきってないまま乾燥した睡眠薬が散らばっていました。

……夜になってたんだ……。

部屋の電気をつけて明るくなった時に、真っ先に見たのが時計でした。

時間は十一時四十五分。

まだ、今日のままなんだ。まだ明日になっていない。

………。

頑張ったら、明日から変われるかもしれない。変わろうって頑張ったら、あの夢みたいな家族が作れるかもしれない。

そう思うと、どうして死ぬことを選んだのかとちょっと馬鹿馬鹿しく思えました。

ベランダの側にある机に向かうと、写真立ての中でニコニコと笑っている母に、ごめんなさいと謝って、子供の時と同じように、もう一度お母さんみたいになると決心したんです。

それから五年後、私は結婚しました。

でも、うちの人は、あの夢か幻でみたようなお父さんとは、あまり似てなくて、眼鏡もかけていません。

そうそう、子供も産まれたんですよ。これは夢と同じ、男の子でした。

夢と同じになりたくてずっと気になっていた、お母さんのちょっとヘンなネックレス……、ほらこれ。

ね、ヘンでしょ？　これ実は、ブルガリのキーホルダーだったんです。

たまたま銀座を歩いていた時に、同じものをぶら下げている女子大学生を見つけて、教えてもらいました。

店に入って、キーホルダーだとわかった時にはビックリしました。

これを買ってネックレスにすれば、更に夢の通りになる！

そう思って鎖をつけて下げていたんですが、そのお陰というかご利益といえばいいのか、その後今の主人となる男性と知り合ったんです。

…………。

今も子供を抱っこする度に思うんですが、もしあの時、あのお母さんが、子供の手をとってバイバイ、と振っていたら、私はどうなっていたのかなって？

それでね、子供の手をとっても決してバイバイと振らないようにしているんです。

……どこで私が見ているかわかりませんものね。

主人の帰り

二〇一一年の七月十八日、私の主人がこの世を去りました。

主人は地元で古くから続く寿司屋の三代目でした。

私が言うのもなんですが、とても明るく朗らかな性格で、誰からも好かれる人だったと思います。

三代続いていますから、お店と同じように三代続けて……お祖父さんがお孫さんを連れて暖簾《のれん》をくぐって下さるというお馴染《なじ》みの方も沢山いらっしゃって……そのお客様の全てから主人は可愛がって頂いたと思っています。

その日は、お店の定休日でした。

普段はカウンターの中で仕事をしているので、そうそう好きなお酒も飲めません。

ですから、いつもお休みの日に飲みに行くのを楽しみにしていました。

帰りが遅くて心配していると、玄関から、ただいま、という主人の声。

いいお酒を飲んで帰ってきたんだ、とすぐにわかるほど上機嫌な声でした。

あら、楽しかったのね。

うん。久々に酔った。

本当にこんなに酔って帰るのはとても珍しい事でした。

すっかり出来上がっているみたいだけど、大丈夫？　すぐに寝るんでしょ？

いや、これからシャワーを浴びる。ほら、今夜はサッカーの試合があるから、それを見なきゃ。

少し心配になりましたが、お客様と交わす話題を仕入れておくのも仕事のうちです。

私これからちょっとお店に用事があるから行ってくるわね……でも、本当に一人で大丈夫？

大丈夫だよ、これっくらい。

その言葉をもらって私は家を出たのです。

ただいま。

……主人の返事がありません。

どうしたのかしら？　やっぱりあのままテレビを観ながらソファーで寝ちゃったのかな……？

ねぇ、サッカーの試合はどうなってるの？

それでも返事はありません。

やっぱり寝たのね……と思った時です。

家の中が、あまりにもシンと静まり返っている事に気がつきました。

テレビのサッカー中継の音が聞こえてこないんです。

……変ね。

奥に入って驚きました。

階段で頭を下に倒れている主人を見つけたのです。

ちょっと、あなた、大丈夫!?

その顔から血の気が引いています。

急いで主人の体を一階の床に寝かそうと両脇に手を入れると、既に体は冷たくなっていました。

大変！　お願い、あなた目を覚まして!!

救急車の中で、救急隊の方が懸命に心臓マッサージをし続けてくれました。

そのお陰で、再び心臓が動き出したのです。

お願いこのまま動き続けて……。

私はただひたすら、主人が目を覚ましてくれる事だけを祈り続けました。

でも、不思議なものですね……心臓は動いているのに……、目の前に主人が寝ているというのに、ここに主人がいないという気持ちがどうしても拭《ぬぐ》いきれないのです。

その気持ちは、時と共により強くなっていきました。

……主人の中に、主人がいない。

どう説明していいかわからない、生まれてはじめての気持ちでした。

きっと主人の体も、生きたい、目を覚ましたいと必死に頑張ったのだと思います。

その後、心臓は六時間動き続けてくれましたから。

しかし……。

モニターの心臓の動きを表す波形が、ピクリとも動かなくなったのです。

………あぁ。

主人がこの世を旅立った瞬間でした。

心臓は動いたものの、多臓器不全を起こしていたのです。

茶毘《だび》にふされた後、主人は一抱えの、真っ白な包みへと姿を変えました。

本来なら、車で斎場から自宅に帰るところですが、途中でお店に寄ってもらうように お願いしました。

マジメで仕事にとても誇りを持っていましたから、きっと家に着く前に自分の居場所に立ちたいと、思っているに違いない……いえ、仕事だけではありません。なんといっても三代目です。小さな子供の頃からここで遊んだり、時には勉強したり……。やがて自分の店で修業に入り、代を継いで亡くなる日まで人生の大半を過ごした場所なんですもの……。

主人を胸に抱いてお店の中に入り、隅から隅へと見せて回りました。

一緒に働いている職人さん達の前を通って、最後に立ち止まるべき場所に向かいました。

それはカウンター内の、いつも寿司を握っていた場所です。

いい？　あなたのいつもの場所よ？

そう心で話しかけて、一歩進んだ時でした。

ズンッ。

急に腕の中の主人が重くなったのです。

あっ、今主人が来てくれた。

そう感じた瞬間でした。

病院の時は、目の前にいながら主人はいないと思ったのに、主人がいない今、ここにいる……。

ですが、いつまでも立ち止まっているわけにはいきません。

あなた……。もういい？　家に帰りますよ？

また心で話しかけてその場を離れようとした瞬間、ビックリするほどスッと軽く
……というより元の重さに戻ったのです。

ところが軽くなった途端に、主人がここから離れたのが嫌で、私の体を動かしたんだと思います。

ズンッ。

歩き出した私の体は反対を向いてまた、同じ場所に戻ってしまったのです。

あっ……また重くなった。

この重さは、勘違いじゃない！　ここにいる主人の重さなんだ！　と思いました。

出来る事なら、この場所を動きたくない。動くとまた主人が離れちゃう……。

ですが二度目は、さっきよりもずっと重く感じて、このままでは落としてしまいそうになったのです。

まさか仕事場で主人の遺骨を落とすわけにはいきませんから、体中の力を込めてこの場所を離れました。

この持ちきれなくなった重さは、離れたくないという主人の気持ちの重さのように感じて、とても辛かったです。

お店が平常に戻り始めた頃、常連のお客様から、こんな不思議な事を言われるようになりました。

昨日、夢の中に亡くなられたご主人が現れてね、丁寧に挨拶《あいさつ》をして帰っていかれたよ。とか、ご主人が夢枕に立って、申し訳なさそうに頭を下げたよ……と。

そんな話を聞く度に私の心は少し複雑になりました。

未《いま》だ私の枕元に主人が来てくれなかったからです。

……でもよくよく考えてみれば、お客様を大切にしていた主人らしいといえば主人らしいですから、当たり前のことなのかもしれません。

お客様から、主人が夢に現れたという話をほとんど聞かなくなったある晩のことです。

寝ていると、突然目が覚めました。

すると、目の前の襖《ふすま》がスッと開いて、そこに主人の足が見えたんです。

おかえりなさい！

長い夫婦生活のお陰でしょうか、その言葉が自然に口から出ました。

私も不思議な気持ちでした。

こんなに会いたくて会いたくて仕方がなかったのに、お客様の夢枕にばかり立って挨拶して回って、いつ私の所に来てくれるの？　と思い続けていたはずなのに、出た言葉はたったそれだけ……。

私の所に来てくれたら話したい事がいっぱいある。その時の為にいろんな言葉を用意してあったはずなのに、この一言しか出なかったし、この一言で十分満たされた気持ちになったんです。

主人は主人で、何を思って帰ってきてくれたんだか、返事もしないまま部屋に入ると、私の布団の中に入ってきました。

丁度、私は横を向いて寝ていましたので、布団に入った主人はそのまま私の背中にピッタリとその背中をくっつけて……。

その体はとても温かくて、まるで生きている主人が後ろにいるようでした。

「ただいま」

あっ!!

私は心の中でもう一度、おかえりなさいと呟くと、そのまま眠りに落ちたのです。

二ヵ月ほど経ったある日の事です。

お店にいつもいらして下さる常連のお客様から、今日は特別なプレゼントがあるんだ、と言って鞄《かばん》の中から出された一枚のCDを頂いたんです。

何ですか？　このCD？

このCDね。僕の大好きなミュージシャンのなんだ。新譜が出たので、ノルウェーから直接取り寄せたんだけど、中を開けてビックリだ！　早く開けて歌詞カードを見て!!

…………？

何を言われているのかよくわからなくて、言われるままにCDを開けて、その歌詞カードを開いてみたのです。

えっ!!　あなた？

歌詞カードに、なんとうちの主人の写真が使われているんです。

これって……。あっ！　思い出した！

四年前、ノルウェーから来た写真家の方が、このお店をとても気に入って下さって、記念写真をお願いできませんか？　と言われたことがありました。

その時、四枚の写真を撮って頂いたんです。

やがて、ノルウェーから国際郵便で一枚のディスクが届きました。

中に入っていたのが、あの時の写真。

その内の一枚に写っていた主人がとても自然な姿だったので、遺影もこの写真を使わせていただいたんです。

なんと同じ写真が使われていました。

うちの店の名が入った仕事着を着て、自信と笑顔に満ちた顔の主人。

私の驚いた顔を見て、お客様がニコニコと笑っています。

凄《すご》い偶然でしょ？　いや……一体どんな奇跡なんだろうね？

確かにその通りでした。

どうして、あの写真家が選ばれて、どうしてその方の写真から、主人だけが選ばれて、CDに使っていただいたのか……。

それに使っていただいても、主人を知るお客様がたまたまこのミュージシャンのファンでわざわざ取り寄せて下さらなければ、この再会はなかったのですから……。

いいえ、再会ではありませんね。

私の一番好きだった主人が、私が一番好きだった姿で帰ってきてくれたんですもの……。

おかえりなさい。

あとがき

木原浩勝

『文庫版　現世怪談《うつしよかいだん》（一）　主人の帰り』、いかがでしたでしょうか？

本書はこれまでKADOKAWAで「隣之怪《となりのかい》」シリーズとして出版されていたものでしたが、この度、ご縁があって講談社に移り、書籍名も『現世怪談』と改めて文庫化されたものです。

たいしたことではない……と思われそうですが、本書は全十八話中、およそ半分の十話が親子など身内がなんらかの形で怪異と拘《かか》わる話で占められています。

もちろんこれは偶然ではなく、意図してこのような形にしました。

かつて『KWAIDAN』を著した小泉八雲《こいずみやくも》（ラフカディオ・ハーン）は、「母の愛は死よりも強い」と残しています。

最も親しい人間関係は、単に死を迎えただけで終わりを告げるものではない……。

そういう意味合いを込めた強い一言だと思うのですが、実は私も八雲によって、この言葉を知る以前から、その意味合いに薄々気付いていていました。

小学生時代から集めだした体験談の多くに、それらを感じ取っていたからです。それがたとえどんな小さなことでも、体験者は起こった奇妙なことを偶然性や突発性による出来事ではなく、親しかった人間からの意志やメッセージではないかと、その体験から感じ取ろうとするからかもしれません。

なればこそ、〝怪談〟を〝コミュニケーションツール〟として語り継いでいくのでしょう。

近年の怪談は〝ホラー〟として芝居や映像などエンタテイメント化される中で、人を恨み呪い祟《たた》るというネガティブな事前譚《たん》によって発生した方が、より描きやすく伝わりやすいジャンルとして成長してきたような気がします。

その方が、より強力な怪異を起こしやすい理由となり、話を成立させやすかったり、納得させやすかったからでしょう。

書くにしても語るにしても〝怪談〟というより〝怖い話〟として伝える側の人間にとって、発生の説明をも物語の怖さの一部とできるわかりやすさのために、積み重ねられてきた〝形式〟のように映ります。

そもそもの目的も描くツールも違うのですから当然ではあるのですが、〝怪談〟とは〝何だろう？〟と、より考えながら書いた時期だったのです。

そう思いたくなるほどネガティブと思える原因で起こったり語り継がれた怪異が少ないと感じていたからです。

確かに、人の恨みや憎しみは強い力を持っているのかもしれませんが、それと同時に、それほど長く続く意志や感情ではない……そう思えてなりません。

いえ……むしろ、怪異と結びつけるには弱いイメージと思われがちですが、心配や愛情の感情の方が長くそして強力にこの世に残る……あるいは残したくなる場合が多いのではと思ってしまいます。

もっとも、体験を語って下さる側も特に話せる内容に限ってお話しいただくわけですから、最初から選択されたモノであったりすることでもあるのですが……。


さて、本書は未曾有《みぞう》の大災害となった東日本大震災の後に出版されました。

そんな時だったからこそ、親しい人間関係の中に起こった怪異を特に残したいと考えて、通常書いている百物語のジャンルからあえて外した話で書き上げています。

それも、怪談は人の不幸の上にしか成り立たないのか？　強力な悲しみがなければ発生しないのか？　恨みを晴らした結果、その願いが叶《かな》った果てに何があるのだろうか？　ということをあえて考えるべき時かもしれない……とまとめ上げた一冊です。

軽く甘口に受け取られて当然の怪談本ですが、私の長い怪談執筆の中で、どのような怪談を残すべきかと最も考え抜いた一冊でもあります。

——怖くなければ怪談ではないが、怖いことが怪談の全てではない。

という私のテーマに最も沿った本でもあります。

こういう怪談の考え方もあるのだと思って、読んで頂ければこんなにありがたいことはありません。


本書の最終話に登場するご主人の名は、タクヤさんといいます。

本文にも書いた通り、二〇一一年の七月十八日にこの世を去られました。

残された奥様から伺った話のおおよそは、ここに書いた通りです。

生前と変わらない人柄が綾なす怪異……いや、奇跡とも思えることを書き残したつもりですが、果たして亡くなられたタクヤさんが本書を読んだ時になんとおっしゃるでしょうか……。

通常、私の怪談は名前や場所や、特定されそうな点は伏せるようにしています。

ですが、この最終話のみはどうしてもお名前を残したいと思い、執筆前の取材の段階から、奥様からご許可を頂いて、この「あとがき」に名を記させて頂きました。

ここに感謝申し上げる次第です。本当に有り難《がと》う御座いました。

初出版から随分《ずいぶん》と時が流れましたが、改めてタクヤさんのご冥福を心よりお祈り申し上げます。

追記

最終話に登場するＣＤのアルバムタイトルは「Waiting for That One Clear Moment」。ミュージシャンはノルウェーのトーマス・ディダールさんです。

このＣＤの「excuse me brother」という歌詞が記された場所に、今も誇らしげな顔のタクヤさんの姿を見る事が出来ます。

本書は二〇一三年六月、ＫＡＤＯＫＡＷＡより単行本として刊行された
『隣之怪　第五夜　主人の帰り』を改稿、文庫化したものです。

|著者| 木原浩勝　1960年兵庫県生まれ。アニメ制作会社・トップクラフト、スタジオジブリを経て、1990年『新・耳・袋』で作家デビュー。以来、「新耳袋」、「九十九《つくも》怪談」、「隣之怪」シリーズ、『禁忌楼』など怪談作品を次々発表。怪談トークライブやラジオ番組「怪談ラヂオ～怖い水曜日」（ラジオ関西）も好評を博す。
また書籍・ムック本の企画・構成を手がけ、『空想科学読本』、『このアニメがすごい！』、『このマンガがすごい！』、『いつまでもデブと思うなよ』、『怪獣《バウ》VOW』、『怪談四代記　八雲のいたずら』など数々のヒット作品を手掛ける。

文庫版《ぶんこばん》　現世《うつしよ》怪談《かいだん》(一)　主人《しゅじん》の帰《かえ》り
木原浩勝《きはらひろかつ》

講談社文庫
定価はカバーに
表示してあります

2016年7月15日第1刷発行

発行者――鈴木　哲
発行所――株式会社　講談社
東京都文京区音羽2-12-21　〒112-8001
電話　出版（03）5395-3510
　　　販売（03）5395-5817
　　　業務（03）5395-3615
Printed in Japan

デザイン―菊地信義
本文データ制作―講談社デジタル製作
印刷―――豊国印刷株式会社
製本―――株式会社国宝社

ISBN978-4-06-293441-1

講談社文庫刊行の辞

二十一世紀の到来を目睫に望みながら、われわれはいま、人類史上かつて例を見ない巨大な転換期をむかえようとしている。

世界も、日本も、激動の予兆に対する期待とおののきを内に蔵して、未知の時代に歩み入ろうとしている。このときにあたり、創業の人野間清治の「ナショナル・エデュケイター」への志を現代に甦らせようと意図して、われわれはここに古今の文芸作品はいうまでもなく、ひろく人文・社会・自然の諸科学から東西の名著を網羅する、新しい綜合文庫の発刊を決意した。

激動の転換期はまた断絶の時代である。われわれは戦後二十五年間の出版文化のありかたへの深い反省をこめて、この断絶の時代にあえて人間的な持続を求めようとする。いたずらに浮薄な商業主義のあだ花を追い求めることなく、長期にわたって良書に生命をあたえようとつとめるところにしか、今後の出版文化の真の繁栄はあり得ないと信じるからである。

同時にわれわれはこの綜合文庫の刊行を通じて、人文・社会・自然の諸科学が、結局人間の学にほかならないことを立証しようと願っている。かつて知識とは、「汝自身を知る」ことにつきていた。現代社会の瑣末な情報の氾濫のなかから、力強い知識の源泉を掘り起し、技術文明のただなかに、生きた人間の姿を復活させること。それこそわれわれの切なる希求である。

われわれは権威に盲従せず、俗流に媚びることなく、渾然一体となって日本の「草の根」をかたちづくる若く新しい世代の人々に、心をこめてこの新しい綜合文庫をおくり届けたい。それは知識の泉であるとともに感受性のふるさとであり、もっとも有機的に組織され、社会に開かれた万人のための大学をめざしている。大方の支援と協力を衷心より切望してやまない。

一九七一年七月

野間省一

講談社文庫 最新刊

朝倉宏景
白球アフロ
都立高校弱小野球部にアメリカからの転校生が加入。笑ってほろりとさせられる青春小説。

うかみ綾乃
永遠に、私を閉じこめて
大阪の街への再訪。忘れ得ぬ記憶。襲い来る壮絶な体験。女流長編官能小説。〈書下ろし〉

木原浩勝
文庫版 現世《うつしよ》怪談(一) 主人の帰り
未体験レベルの実話怪談続々。『新耳袋《しんみみぶくろ》』『九十《つく》九《も》怪談』の著者の新シリーズ、文庫版第一弾。

小泉凡
怪談四代記〈八雲のいたずら〉
小泉家四代に受け継がれ、今も生き続ける怪談の数々。百年の時を繋ぐ、不思議なエッセイ。

北山猛邦
猫柳十一弦の失敗〈探偵助手五箇条〉
山間の寒村に伝わる因習が悲劇を生む！ 女探偵・猫柳は、連続殺人を未然に防げるか？

朽木祥
風の靴
少年たちはヨットで海に出る。湘南を舞台に、きらめくような夏の冒険を描いた感動作！

沢里裕二
淫具屋半兵衛
熱き蜜壺を満たす匠《たくみ》の技。張形名人が大名家の秘事に迫る。沢里裕二が放つ艶笑官能！

本城雅人
スカウト・バトル
見抜け、相手の本心を！ 嘯《うそぶ》け、周囲を騙し抜け！ プロ野球スカウトの手に汗握る攻防戦。

はやみねかおる
都会《まち》のトム&ソーヤ(9)〈前夜祭《EVE》 内人《ないと》side〉
2人の男子中学生のアンビリーバブルな冒険は街が舞台。とっておき長編ジュブナイル。

タタツシンイチ
鏡征爾
戦国BASARA3〈長曾我部元親の章／毛利元就の章〉
英雄アクションゲーム・ノベルついに文庫化！ 第3弾は長曾我部元親&毛利元就！

リー・チャイルド
小林宏明 訳
61時間(上)(下)
孤高のアウトロー・リーチャーが厳雪の街で麻薬密売組織と対決。人気シリーズ最新邦訳。

講談社文庫 最新刊

辻村深月　**島はぼくらと**

火山の島、冴島で暮らす四人の高校生。別れの時まで一年。故郷はいつもそばにあった。

乙一　**銃とチョコレート**

大怪盗と名探偵の対決。そして王道を超える意外な展開。乙一の傑作が、ついに文庫化！

薬丸岳　**刑事の約束**

無縁社会の片隅で起きる犯罪は、時に切なくやりきれない。刑事・夏目の祈りは届くのか。

香月日輪　**地獄堂霊界通信⑤**

てつしが地獄堂で手に取った奇妙な画集は、生きた妖怪が閉じ込められた魔法書だった。

風野真知雄　**隠密　味見方同心㈥**　〈鵺《ぬえ》の闇鍋〉

得体の知れないの食材に漂う殺しの匂い。仇《かたき》を取るまで、魚之進の隠密捜査は終わらない。

森博嗣　**赤目姫の潮解**　〈LADY SCARLET EYES AND HER DELIQUESCENCE〉

これは幻想小説かSFか？　百年シリーズ最終作にして、森ファン熱狂の最高傑作！

佐々木裕一　**若返り同心　如月源十郎**　〈不思議な飴玉〉

隠居老人が青年同心に若返る！　必殺剣も復活し孫の窮地を救う、痛快時代小説が開幕。

倉阪鬼一郎　**大江戸秘脚便**

仲間の無念を晴らせるか？　若き飛脚たちが江戸を駆け抜ける新シリーズ。〈文庫書下ろし〉

椎名誠　**ナマコ**

今や高級品となったナマコをめぐって、アヤシイ男が続々と登場する。食材と旅の面白小説。

森村誠一　**日蝕の断層**

社員と非社員の間に横たわる厳然たる格差を飛び越えようとした若者を待つ〝陥穽《かんせい》〟とは？

カレー沢薫　**もっと負ける技術**　〈カレー沢薫の日常と退廃〉

〝下向き人生論〟が話題騒然、買うだけで得する生き方エッセイ第二弾！〈文庫オリジナル〉

講談社文芸文庫

津島佑子
あまりに野蛮な 上・下
解説=堀江敏幸　年譜=与那覇恵子
わたしは死なない、生き続ける。台湾に暮らした日本女性の愛・性・死。悲しみは深く静かに感動の海にすいこまれてゆく……津島佑子の純文学長篇小説初文庫化。
上・つA7　下・つA8
上 978-4-06-290316-5
下 978-4-06-290317-2

夏目漱石
思い出す事など／私の個人主義／硝子戸の中
年譜=石﨑等
没後百年、今や日本のみならず世界文学へも影響力を持つ国民作家の随筆二篇と講演を収録。「修善寺の大患」後の死生観や作家的知性がきらめく現代人必読の書。
なR2
978-4-06-290315-8

ワイド版

吉田満
戦艦大和ノ最期
解説=鶴見俊輔　作家案内=古山高麗雄
巨体四裂し大海に沈んだ「大和」に乗船、奇跡の生還を果たした若き士官が轟沈の記録を綴った不朽の叙事詩。新たに三島由紀夫、吉川英治らの跋文をワイド版収録。
（ワ）よB1
978-4-06-295506-5

講談社文庫 目録

芥川龍之介 藪の中
有吉佐和子 新装版 和宮様御留
阿川弘之 七十の手習ひ
阿川弘之 春風落月
阿川弘之 亡き母や
阿刀田高 ナポレオン狂
阿刀田高 新装版 ブラック・ジョーク大全
阿刀田高 新装版 食べられた男
阿刀田高 新装版 最期のメッセージ
阿刀田高 新装版 猫の事件
阿刀田高 新装版 妖しいクレヨン箱
阿刀田高 新装版 奇妙な昼さがり
阿刀田高編 ショートショートの広場18
阿刀田高編 ショートショートの広場19
阿刀田高編 ショートショートの広場20
阿刀田高編 ショートショートの花束1
阿刀田高編 ショートショートの花束2
阿刀田高編 ショートショートの花束3
阿刀田高編 ショートショートの花束4

阿刀田高編 ショートショートの花束5
阿刀田高編 ショートショートの花束6
阿刀田高編 ショートショートの花束7
阿刀田高編 ショートショートの花束8
安房直子 南の島の魔法の話
相沢忠洋 「岩宿」の発見〈幻の旧石器を求めて〉
安西篤子 花あざ伝奇
赤川次郎 真夜中のための組曲
赤川次郎 東西南北殺人事件
赤川次郎 起承転結殺人事件
赤川次郎 冠婚葬祭殺人事件
赤川次郎 人畜無害殺人事件
赤川次郎 純情可憐殺人事件
赤川次郎 結婚記念殺人事件
赤川次郎 豪華絢爛殺人事件
赤川次郎 妖怪変化殺人事件
赤川次郎 流行作家殺人事件
赤川次郎 ABCD殺人事件
赤川次郎 狂気乱舞殺人事件

赤川次郎 女優志願殺人事件
赤川次郎 輪廻転生殺人事件
赤川次郎 百鬼夜行殺人事件
赤川次郎 四字熟語殺人事件〈ベスト・セレクション〉
赤川次郎 三姉妹探偵団
赤川次郎 三姉妹探偵団2〈キャンパス篇〉
赤川次郎 三姉妹探偵団3〈珠美・初恋篇〉
赤川次郎 三姉妹探偵団4〈怪奇篇〉
赤川次郎 三姉妹探偵団5〈復讐篇〉
赤川次郎 三姉妹探偵団6〈危機一髪篇〉
赤川次郎 三姉妹探偵団7〈駆け落ち篇〉
赤川次郎 三姉妹探偵団8〈人質篇〉
赤川次郎 三姉妹探偵団9〈青ひげ篇〉
赤川次郎 三姉妹探偵団10〈父恋し篇〉
赤川次郎 死が小径をやってくる〈三姉妹探偵団11〉
赤川次郎 死神のお気に入り〈三姉妹探偵団12〉
赤川次郎 次女と野獣〈三姉妹探偵団13〉
赤川次郎 心地よい悪夢〈三姉妹探偵団14〉
赤川次郎 ふるえて眠れ、三姉妹〈三姉妹探偵団15〉

講談社文庫 目録

講談社文庫　目録

浅田次郎　勇気凛凛ルリの色
浅田次郎　勇気凛凛ルリの色 四十肩と恋愛
浅田次郎　地下鉄《メトロ》に乗って
浅田次郎　霞町物語
浅田次郎　勇気凛凛ルリの色 福音について
浅田次郎　勇気凛凛ルリの色 満天の星
浅田次郎　ひとは情熱がなければ生きていけない〈勇気凛凛ルリの色〉
浅田次郎　シェエラザード(上)(下)
浅田次郎　歩兵の本領
浅田次郎　蒼穹の昴 全4巻
浅田次郎　珍妃の井戸
浅田次郎　中原の虹(一)(二)
浅田次郎　中原の虹(三)(四)
浅田次郎　マンチュリアン・リポート
浅田次郎　天国までの百マイル
浅田次郎 原作 ながやす巧 漫画　鉄道員《ぽっぽや》/ラブ・レター
青木玉　小石川の家
青木玉　帰りたかった家
青木玉　上り坂下り坂

青木玉　底のない袋
青木玉　記憶の中の幸田一族〈青木玉対談集〉
芦辺拓　時の誘拐
芦辺拓　怪人対名探偵
芦辺拓　時の密室
芦辺拓　探偵宣言〈森江春策の事件簿〉
浅川博忠　小説角栄学校
浅川博忠　小説池田学校
浅川博忠　「新党」盛衰記〈新自由クラブから国民新党まで〉
浅川博忠　自民党幹事長〈二百億のカネ、八百のポストを握る男〉
浅川博忠　小泉純一郎とは何者だったのか
浅川博忠　政権交代狂騒曲
荒和雄　預金封鎖
阿部和重　アメリカの夜
阿部和重　グランド・フィナーレ
阿部和重　ABC〈阿部和重初期作品集〉
阿部和重　ミステリアスセッティング
阿部和重　IP/NN 阿部和重傑作集
阿部和重　シンセミア(上)(下)

阿部和重　ピストルズ(上)(下)
阿部和重　クエーサーと13番目の柱
阿川佐和子　あんな作家こんな作家どんな作家
阿川佐和子　恋する音楽小説
阿川佐和子　いい歳旅立ち
阿川佐和子　屋上のあるアパート
阿川佐和子　マチルデの肖像〈恋する音楽小説2〉
麻生幾　加筆完全版 宣戦布告(上)(下)
麻生幾　奪還
青木奈緒　うさぎの聞き耳
青木奈緒　動くとき、動くもの
赤坂真理　ヴァイブレータ 新装版
赤尾邦和　イラク高校生からのメッセージ
浅暮三文　ダブ(エ)ストン街道
安野モヨコ　美人画報
安野モヨコ　美人画報ハイパー
安野モヨコ　美人画報ワンダー
梓澤要　遊部(上)(下)
雨宮処凛　暴力恋愛

講談社文庫　目録

秋田禎信　カナスピカ
朝比奈あすか　憂鬱なハスビーン
荒山　徹　柳生大戦争
荒山　徹　柳生大作戦(上)(下)
荒山　徹　友を選ばば柳生十兵衛
天野作市　気高き昼寝
天野作市　みんなの旅行
青柳碧人　浜村渚の計算ノート
青柳碧人　浜村渚の計算ノート　2さつめ〈ふしぎの国の期末テスト〉
青柳碧人　浜村渚の計算ノート　3さつめ〈水色コンパスと恋する幾何学〉
青柳碧人　浜村渚の計算ノート　3と1/2さつめ〈ふえるま島の最終定理〉
青柳碧人　浜村渚の計算ノート　4さつめ〈方程式は歌声に乗って〉
青柳碧人　浜村渚の計算ノート　5さつめ〈鳴くよウグイス、平面上〉
青柳碧人　浜村渚の計算ノート　6さつめ〈パピルスよ、永遠に〉
青柳碧人　双月高校、クイズ日和
青柳碧人　東京湾　海中《かいちゅう》高校
青柳碧人　希土類少女《レアアース・ガール》
朝井まかて　花《はな》競《くら》べ〈向嶋なずな屋繁盛記〉
朝井まかて　ちゃんちゃら

朝井まかて　すかたん
朝井まかて　ぬけまいる
朝井まかて　恋歌
歩《あゆみ》りえこ　ブラを捨て旅に出よう〈貧乏乙女の“世界一周”旅行記〉
アダム徳永　スローセックスのすすめ
安藤祐介　営業零課《ぜろか》接待班
安藤祐介　被取締役《とりしまられやく》新入社員
安藤祐介　おい！　山田〈大翔製菓広報宣伝部〉
安藤祐介　宝くじが当たったら
安藤祐介　一〇〇〇ヘクトパスカル
青木　理　絞首刑
天祢《あまね》　涼　キョウカンカク　美しき夜に
麻見和史　石の繭〈警視庁殺人分析班〉
麻見和史　蟻《あり》の階段〈警視庁殺人分析班〉
麻見和史　水晶の鼓動〈警視庁殺人分析班〉
麻見和史　虚空の糸〈警視庁殺人分析班〉
麻見和史　聖者の凶数〈警視庁殺人分析班〉
赤坂憲雄　岡本太郎という思想
有川　浩　三匹のおっさん

有川　浩　三匹のおっさん　ふたたび
有川　浩　しアター・カムズ・ザ・サン
青山七恵　わたしの彼氏
青山七恵　快楽
荒崎一海　無流心月剣〈宗元寺隼人密命帖(一)〉
荒崎一海　幽霊の足〈宗元寺隼人密命帖(二)〉
浅野里沙子　花篝《はなかがり》　御探し物請負屋
朱野帰子《かえるこ》　駅物語
朱野帰子　超聴覚者七川小春〈真実への潜入〉
東　浩紀　一般意志2・0〈ルソー、フロイト、グーグル〉
五木寛之　ソフィアの秋
五木寛之　狼のブルース
五木寛之　海峡物語
五木寛之　風花のひと
五木寛之　鳥の歌(上)(下)
五木寛之　燃える秋
五木寛之　真夜中の望遠鏡〈流されゆく日々'78〉
五木寛之　ナホトカ青春航路〈流されゆく日々'79〉
五木寛之　海の見える街にて〈流されゆく日々'80〉

講談社文庫　目録

五木寛之　改訂新版 青春の門 全六冊
五木寛之　新装決定版 青春の門 筑豊篇(上)(下)
五木寛之　旅の幻燈
五木寛之　他力
五木寛之　こころの天気図
五木寛之　新装版 恋歌
五木寛之　百寺巡礼 第一巻 奈良
五木寛之　百寺巡礼 第二巻 北陸
五木寛之　百寺巡礼 第三巻 京都I
五木寛之　百寺巡礼 第四巻 滋賀・東海
五木寛之　百寺巡礼 第五巻 関東・信州
五木寛之　百寺巡礼 第六巻 関西
五木寛之　百寺巡礼 第七巻 東北
五木寛之　百寺巡礼 第八巻 山陰・山陽
五木寛之　百寺巡礼 第九巻 京都II
五木寛之　百寺巡礼 第十巻 四国・九州
五木寛之　海外版 百寺巡礼 インド1
五木寛之　海外版 百寺巡礼 インド2
五木寛之　海外版 百寺巡礼 朝鮮半島
五木寛之　海外版 百寺巡礼 中国
五木寛之　海外版 百寺巡礼 ブータン
五木寛之　海外版 百寺巡礼 日本・アメリカ
五木寛之　青春の門 第七部 挑戦篇
五木寛之　親鸞 青春篇(上)(下)
五木寛之　親鸞 激動篇(上)(下)
五木寛之　親鸞 完結篇(上)(下)
井上ひさし　モッキンポット師の後始末
井上ひさし　ナイン
井上ひさし　四千万歩の男 全五冊
井上ひさし　四千万歩の男 忠敬の生き方
井上ひさし　ふふふ
井上ひさし　ふふふふ
井上ひさし　黄金《きん》の騎士団(上)(下)
井上ひさし　一分ノ一(上)(中)(下)
井上ひさし 司馬遼太郎　国家・宗教・日本人
池波正太郎　私の歳月
池波正太郎　よい匂いのする一夜
池波正太郎　梅安料理ごよみ
池波正太郎　田園の微風
池波正太郎　新 私の歳月
池波正太郎　おおげさがきらい
池波正太郎　わたくしの旅
池波正太郎　わが家の夕めし
池波正太郎　新しいもの古いもの
池波正太郎　作家の四季
池波正太郎　新装版 緑のオリンピア
池波正太郎　新装版 殺しの四人〈仕掛人・藤枝梅安(一)〉
池波正太郎　新装版 梅安蟻地獄〈仕掛人・藤枝梅安(二)〉
池波正太郎　新装版 梅安最合傘〈仕掛人・藤枝梅安(三)〉
池波正太郎　新装版 梅安針供養〈仕掛人・藤枝梅安(四)〉
池波正太郎　新装版 梅安乱れ雲〈仕掛人・藤枝梅安(五)〉
池波正太郎　新装版 梅安影法師〈仕掛人・藤枝梅安(六)〉
池波正太郎　新装版 梅安冬時雨〈仕掛人・藤枝梅安(七)〉
池波正太郎　新装版 忍びの女(上)(下)
池波正太郎　新装版 まぼろしの城
池波正太郎　新装版 殺しの掟
池波正太郎　新装版 抜討ち半九郎

2016年6月15日現在